追放王子の英雄紋！4

～追い出された元第六王子は、実は史上最強の英雄でした～

ALPHA LIGHT

雪華慧太
Yukihana Keita

登場人物紹介

レオン

四英雄と呼ばれた獅子王ジークの記憶を持つ、元王子の冒険者。
自分と同じく転生しているかもしれない四英雄の仲間を探す。

ジーク

二千年前の四英雄の一人。
真の力を解放した時、レオンはこの姿に戻る。

シルフィ

レオンと契約する風の高位精霊。白狼に変化できる。

フレア

レオンと契約する炎の高位精霊。鬼の血を引いている。

ティアナ

ハーフエルフのシスター。
教会で孤児を育てている。

ジュリアン
アルファリシアの第二王子にして教皇。
「慰霊祭」の裏で暗躍する。
シリウス
アルファリシアの将軍。
その正体はかつての四英雄、雷神エルフィウス。
オリビア
アルファリシアの第一王女。
レオンを護衛騎士に任じた。
ゼキレオス
大国アルファリシアの国王。
騎士王と称される武人でもある。

1 雷神

俺の名前はレオン。

辺境の小国バルファレストの第六王子として生まれた。

だが母が平民であったことで、腹違いの兄たちからことあるごとに嫌がらせを受けていた。

そして、父である国王が亡くなった後、あろうことか新しい王となった長兄のミハエルや他の兄たちからその命さえも狙われる。

兵士たちに囲まれ、絶体絶命の状況の中、俺の右手に輝き始めたのは真紅の英雄紋。

そう、連中は知る由もなかったが、俺は二千年前に最強と呼ばれていた四英雄の一人、獅子王ジークの生まれ変わりだったのだ。

無慈悲で性悪な兄たちを完膚なきまでに打ちのめした俺は、かつての仲間を探すために、相棒である精霊フレアとシルフィと一緒に大国アルファリシアへと旅に出た。

そこで出会ったハーフエルフのシスターのティアナや、元翼人の聖騎士ロザミアと冒険者パーティを組んでとある依頼を受けたことで、人と魔を融合する闇の禁呪、人魔錬成を使う術師と対決することに。

その結果、大国の女将軍ミネルバや剣聖の娘レイア、そして王女オリビアの目に留まり、王宮に招待された。

オリビアの護衛騎士として、王太子クラウス主催の舞踏会に参加した俺は、そこでの活躍によって、特級名誉騎士の称号を得た。そして、国王ゼキレオスに謁見することになる。

ゼキレオスとの話の中、大国アルファリシアに伝わる秘密が明かされる。それはアルファリシア王家の人間には四英雄の血が流れているというものだった。

そして、その秘密の鍵を握る、王宮の地下に存在する巨大な神殿。俺はそこで、思いがけない人物と再会した。

そう、かつての友であり俺と同じ四英雄の一人、雷神エルフィウスと呼ばれた男と。

俺は改めてエルフィウスを見つめた。

この国の三大将軍の一人、黄金の騎士シリウスの仮面の下に隠された真実——無敵と呼ばれた男の正体を。

そして問いただす。

「エルフィウス、俺はここで死ぬつもりはない。何故お前が俺に剣を向けるのか、そしてこの神殿の扉の奥には一体何があるのか、お前には全てを話してもらうぞ」

対峙する俺とエルフィウスを見て、オリビアが声を上げた。

「あの赤い髪、それにあの姿、壁画に描かれた獅子王ジークそのものだわ。あれがレオンの本当の姿……」

彼女の言う通り、俺は呪いを解き、本来の姿を取り戻していた。

「なんという力だ。ここからでもその闘気の強さが分かる。だが、レオンの前に立つあの男の力も尋常ではない。まさか、シリウスの仮面の奥にこのような秘密があろうとは。あれが雷神エルフィウス、恐るべき力を持った男だ。伝説の四英雄同士が戦うというのか？一体何故だ！」

ゼキレオスの呻きが、聖堂の中に低く響く。

彼の困惑は当然だろう。国王として信頼を置いていた男の正体を、今初めて知ったのだろうから。

そして、四英雄の血脈を受け継ぎ、この地下神殿を守ってきた歴代の王の一人としては受け入れがたい現実に違いない。

それは俺も同じだ。

かつて自分たちを裏切ったあの男とではなく、まさかエルフィウスと剣を交えることになるとはな。

俺の言葉にエルフィウスは静かに答える。

「言ったはずだぞジーク。お前がその扉の奥に進むことはない。この俺を倒さぬ限りな」

「何故だエルフィウス！　何故、俺とお前が戦う必要がある⁉」

俺と同じ、英雄紋と呼ばれる紋章を持つ四英雄の一人。そしてかつては共に戦った仲間だ。

雷神と恐れられた男の剣が強烈な雷を帯びていく。

「ここで死ぬお前が、それを知る必要などない」

有無を言わせぬエルフィウスの眼差しに、俺は剣を握る手に力を込めた。

大国アルファリシアの地下深くに存在するこの神殿。

その巨大な大聖堂の壁には、かつての俺たち四人の姿が描かれている。

一体誰がこんなものを作ったのか。

そして、その聖堂の奥へと続くであろう巨大な扉の先には一体何が……

俺にはそれを知る義務がある。

二千年前、俺たちが同じ四英雄の一人であるあの男、レディンの裏切りによって命を落とした後、この世界に何があったのか。

そして、それが、人狼の女王が言っていたことに何か関係しているとしたら。

脳裏にティアナやロザミア、そして無邪気に笑うチビ助たちの顔が浮かんでくる。

俺が守るべき者たちの姿が。

「どうやら、これ以上の問答は無用のようだな」

雷神エルフィウスの前で迷いを見せれば、待っているのは死だけだ。

古の時代、共に四英雄と呼ばれた俺だからこそ、目の前にいるこの男の強さをよく知っている。

エルフィウスの右手の紋章が、青白い雷を纏ってバチバチと音を立てていた。

「レオン！　気を付けて、この殺気は本物よ‼」

「ああ、フレア」

俺の相棒の一人であるフレア。今の彼女の姿は精霊ではなく、二千年前に土地神であった時のものだ。鬼の血を引く彼女が身構えると、額の角に、今までにない神通力が宿っていく。

フレアも、そして彼女の中にいる母――ほむらも、俺たちの前に立ち塞がる男の放つ殺気を危険だと感じている証拠だろう。

それに相手はエルフィウスだけではない。

巨大な地下の大聖堂の天井付近に現れた、一匹の獣。

その瞳が俺たちを睥睨している。

麒麟オベルティアス。神獣と呼ばれるほどの力を持つ、エルフィウスの使い魔だ。

オリビアやゼキレオスを守るように立つもう一人の相棒――シルフィが、オベルティアスを見上げて叫ぶ。

「オベルティアス、貴方まで！　本気なの!?」

シルフィにとっても、エルフィウスやオベルティアスはかつて共に戦った仲間だ。

こうして戦うことになるとは夢にも思っていなかっただろう。

そんなシルフィにオベルティアスは答える。

「我が主が決めたこと。ならば是非もない」

エルフィウスの仮面が割れた直後に、俺たちの頭上から凄まじい雷を降り注がせた時のように、オベルティアスの体に再び強烈な力が宿っていく。

そして同時に、巨大な魔法陣がエルフィウスを中心に描かれる。

凄まじい力とは対照的に、術者であるエルフィウスは静かに目を閉じた。

それを見てシルフィが叫ぶ。

「まさかこれは……オリビア！　ゼキレオス!!　下がってて、巻き込まれるわよ」

「きゃぁあああ!!」

「いかん！　リヴィ!!」

魔法陣が激しい稲光を生み出した。思わず声を上げる娘のリヴィ——オリビアを抱きかかえて、騎士王ゼキレオスは後ろへと下がる。

「なんという力だ！　これが雷神の力なのか!?」

「雷化天翔。雷を帯びた闘気を限界まで高め、己の体の中で圧縮し、それを解放した瞬間、自らが雷と化し爆発的な力を得る。エルフィウスの奥義の一つよ」

シルフィの言葉通り、描かれた魔法陣は瞬時に圧縮され、その凝縮された力はエルフィウスの体に宿っている。

今は静かに閉じられているこの男の目が再び開いた時、その力は解放されるだろう。下手に動けば命はない。

俺はエルフィウスを見つめながら剣を構えた。そしてフレアに言う。

「フレア、お前はシルフィと一緒にオベルティアスを頼む」

「レオン！　でも……」

凄まじい力を放っているエルフィウスを見て、フレアの瞳が不安げに揺れた。

「約束しただろう、フレア。俺たちは必ず家族のところに帰るってな」

ティアナやロザミア、それにチビ助たち。俺たちの新しい家族だ。

二千年経って、世界の何もかもが変わっていた。

それでも、俺たちにはまた帰りたいと思える場所が出来たんだからな。

フレアは静かに頷くと微笑んだ。

「分かったわ。レオン、貴方を信じてる。死んだりなんかしたら承知しないから！」

「ああ、フレア」

決意に満ちたフレアの声が聞こえたのと同時に、エルフィウスの凝縮した雷の闘気が臨界点を超える。

俺も己の闘気を限界まで高めると、剣を構えた。

「おぉおおおおお‼　倒魔流奥義、紅蓮纏刃！」

アスカたちヤマトの職人が鍛え上げた見事な剣が真紅に輝き、凝縮された俺の闘気が刀身に紅蓮の炎を纏わせていく。

エルフィウスの技を受けるには、普通の剣では到底無理だ。

刃こぼれするどころか、雷化した剣を受けることすら出来ないだろう。

同じ四英雄、さらには奥義をもって戦わなければ、僅かな時間でさえ生き残ることは出来ない相手だ。

その瞬間、オリビアが叫んだ。

「お父様！　壁に描かれたレオンの姿を見て！　絵の中の紋章も輝いているわ‼」

「こ、これは……」

オリビアの言う通りだ。

大聖堂の壁に描かれた転生前の俺の姿、その手の紋章も強烈な光を帯びている。

そして、壁画のエルフィウスの紋章も輝きを放っていた。

「どうなっているのだ⁉　一体何が……」

ゼキレオスの声が辺りに響く。

俺たちがやってくるのを、まるで遥か古から待っていたかのように光を放つ、壁画に描かれた紋章。同時に、俺たちの右手の英雄紋もまた輝く。

そして、光は極限に達した。

やはりこの神殿には、何か隠された秘密がある。

それを知るためには、ここで死ぬわけにはいかない。

「来い、エルフィウス！」

その刹那——

エルフィウスの閉じられていた目が見開かれた。

「ゆくぞ、ジーク！　倒魔流奥義、雷化天翔‼」

それはまさに天翔ける雷、あの人狼の女王さえ遠く及ばない速さだ。

雷神と呼ばれる男は人型の稲光と化して姿を消すと、一瞬にして俺の目の前に迫っていた。

「おおおおおお‼」

雷化したエルフィウスの剣と、紅蓮の炎を纏った俺の剣が激突する。

衝撃波が聖堂を震わせ、俺の剣が放つ火炎が渦を巻いてエルフィウスの視界を奪った。

「レオン‼」

まるで意思を持った雷が俺を襲ったかのような光景に、オリビアが悲鳴にも似た叫び声を上げるのが聞こえる。

だが、その時にはもう、俺はオリビアが見つめている場所にはいなかった。

オベルティアスが叫ぶ。

「主よ、上だ‼」

雷神の一撃を受け止めた後、俺は神殿の床を蹴ってエルフィウスの頭上高くにいた。

神獣オベルティアスのすぐ横だ。

まさか、使い魔である自分のすぐ傍に、俺が向かってくるとは思わなかったのだろう。

虚を衝かれながらも主に危険を伝えるオベルティアスの左右には、その一瞬の間に二つの影が現れていた。

「どこを見ているの？　貴方の相手は私たちよ！」

「ええ、フレア！」

オベルティアスの傍に現れたのはフレアとシルフィだ。

白く大きな狼の姿に変化しているシルフィの鋭い牙が、オベルティアスの喉元へと迫る。

「おのれ‼」

狼狽えながらも、神速とも言える動きでシルフィの一撃をかわした神獣の背後に、強烈な力を帯びた炎が湧き上がる。

そこにいるのは炎の薙刀を構えたフレアだ。

フレアを守るように後ろに立っている炎の人影、ほむらの両手が天にかざされ、そこから溢れる炎が、神殿の天井に大きな魔法陣を描いていた。

その紅の魔法陣がフレアに強大な力を与えているのを感じる。

「はぁあああ‼」

凄まじい力を秘めた炎を纏った薙刀が、鮮やかに突きを放ち、それがオベルティアスの首筋に傷をつけた。

「ぐぅううう‼」

オベルティアスは驚きの眼差しでフレアを眺めている。

「この炎は一体……高位精霊とはいえ、まさか神獣であるこの我の体に傷をつけるとは……」

神獣と言えば、精霊をも超える神に近しい存在だ。

ましてやエルフィウスと共に、神速をもって多くの魔を倒してきた麒麟オベルティアスにとって、自らが傷を負うことなど信じられないに違いない。

「鬼神霊装ヒノカグツチ！　ヤマトの古の神の力を宿したこの炎。ほむらの、私のお母さんの最強の技よ‼」

同時にシルフィが俺に向かって叫んだ。

「レオン、今よ！　貴方はエルフィウスを！」

「ああ、シルフィ‼」

オベルティアスが一瞬怯んだお蔭で、エルフィウスに力を与えている雷の魔法陣に揺らぎが生じているのが見えた。

俺は天井を蹴り、一直線にエルフィウスへと向かう。

生じた揺らぎがエルフィウスの奥義である雷化天翔を解き、その実体が地上に露わになっている。

勝負を決するなら今だ。

「神獣である我を舐めるなよ！」

オベルティアスの怒りにも似た声が背後に響く。

強烈な雷が後ろからこちらに向かってくるのが分かる。

「きゃぁあああ‼」

「レオン‼」

叫び声を上げるフレアとシルフィ。

オベルティアスの雷撃の余波だろう、二人が神殿の壁に向かって吹き飛ばされていくのが見えた。

こちらに向かって放たれた雷撃は、俺の体からは逸れて地上に激突する。

そう、俺ではなくエルフィウスに。

オベルティアスの雷撃は外れたのではない。初めから俺を狙ったものではなく、エルフィウスに放たれたものだ。

そのエネルギーが、エルフィウスを中心に新たな魔法陣を描いていく。

しかも、それは先程よりも強い力を宿していた。

エルフィウスは揺るがずに俺を見上げている。そして静かに口を開いた。

「雷神の瞳、開眼！」

再び雷と化していくエルフィウスの瞳には、魔法陣が描かれている。

奴が極限まで力を高めた時に現れる、雷神の瞳と呼ばれる魔眼だ。

俺の両手の紋章が一際輝きを増した。

「おぉおおおおおおお‼」

エルフィウスが再び雷化する前に決着をつける。それには、その前に紅蓮の炎を纏った剣を振るうしかない。

だが、俺の剣がエルフィウスを捉えたと思った刹那、奴の体がその場から消えた。

一撃を加えるために魔法陣の中央に降り立った俺を残して、エルフィウスの体は雷化し、六つの雷に分かれると、魔法陣の淵へと瞬時に移動する。

その次の瞬間——

六人の雷神は剣を構え、俺のすぐ傍にいた。

「死んでもらうぞジーク。倒魔流秘奥義、六星死天翔(ろくせいしてんしょう)‼」

秘奥義の名に相応(ふさわ)しく、同じ四英雄である俺さえも知らない技だ。

こちらに死を告(つ)げるかのように、魔法陣の六つの端(はし)が星のように輝いている。

そして、雷化した六人のエルフィウスの剣が、魔法陣の中央に立つ俺の体を一斉に貫いていた。

その姿を見たオリビアの悲鳴が神殿の中に響いた。

「レオン！　レオォオオオン‼　いやぁあああああ！！」

ゼキレオスは泣きじゃくる娘の体をしっかりと抱きしめる。

オリビアはそんな父王を振り払って、こちらに手を伸(の)ばした。

「お父様放して！　レオンが……レオンが‼」

だが、その瞬間、エルフィウスの目が大きく見開かれた。

「まさか……その瞳は」

俺の瞳にも魔法陣が描かれているのを、奴は見たのだろう。

獅子王の瞳。雷神の瞳を開いた奴に対抗するにはこれしかない。

神殿の天井には、俺が先程こちらに向かってくる時に描き始めた魔法陣が、大きく広がっていく。

同時に、エルフィウスが貫いているはずの俺の体が揺らめき、その剣先からずれる。

「倒魔流秘奥義、陽炎。エルフィウス、お前に俺が知らない技があるように、俺にもお前が知らない技がある」

エルフィウスが貫いたのは、俺の体であってそうではない。

炎のように激しい闘気が空間に揺らぎを作り出し、相手の攻撃を別次元に逸らす。

オリビアに俺が貫かれたと見えたように、エルフィウスでさえ俺を仕留めたと錯覚しただろう。

空間を歪めるほどの術式でなければ、雷神と呼ばれる男の目をくらますことなど、出来はしないからな。

強烈な力を一瞬にして使い果たしたエルフィウスの雷化が解けて、実体化するのが見えた。

六人の雷神が重なって一つになっていく。

そして俺の陽炎の揺らめきも消えていった。

「ジーク……まさか、わざと俺に秘技を使わせたのか？　雷化を完全に解かせるために」

「ああ、お前が俺を仕留めるチャンスを逃すはずがない。俺を本当に殺したいのならば、持てる力の全てを使い、倒しに来るに違いないからな」

相手が相手だ。

肉を切らせて骨を断つぐらいの方法でなければ、その力を使い切らせることなど出来なかっただろう。

それには、俺自身を囮に使うのが最適だったからな。

雷化したエルフィウスと戦うことも考えたが、四英雄同士、力と力で正面からぶつかれば本当にどちらかが死ぬしかない戦いになる。

それを避けるための策だったが、この男相手には二度と使えない技だ。

一度そのタイミングを見極められれば、死ぬのはこちらになるからだ。

「さあ、答えてもらうぞ。何故お前が俺の行く手を阻むのかをな」

膨大な力を使い切ったエルフィウスの紋章の輝きが弱まっている。

頭上にいるオベルティアスの力も同様だ。先程の雷撃で、エルフィウスに持てる力の殆どを託したからだろう。

壁に飛ばされたシルフィとフレアが、オベルティアスを封じるように左右で身構えている。

もう勝敗が決していることは明らかだ。

エルフィウスは俺を見つめている。それはやはりかつての友の瞳だ。

「……甘い男だ。二千年経った今でもな」

「甘いのはお前だ、エルフィウス。俺を仕留めるその瞬間、僅かだがお前の剣先が鈍るのを確かに感じた」

俺の言葉に、エルフィウスは何かを言いたそうにその唇を開く。

だが、次の瞬間、首を横に振ると距離を取り、再び剣を構えた。

「エルフィウス！ もうやめろ、決着がついたことはお前も分かっているはずだ」

「ジーク、お前も言ったはずだぞ。もはや問答は無用だとな！」

一気に距離を詰めて上段から振り下ろされるエルフィウスの剣を、俺は渾身の力をもって弾き返す。

雷化が解けていると言っても、力を加減して倒せる相手ではない。

「おおおおおおおお‼」

炎と雷がぶつかり合い、俺の剣がエルフィウスの体をその剣ごと弾き飛ばした。

勢い良く飛ばされたエルフィウスの体が神殿の壁にぶつかり、瓦礫が舞い上がる。

同時に神獣オベルティアスの姿も消えた。

主であるエルフィウスが力を使い果たした証だろう。

雷神と言われた男も、これで暫くは戦えないはずだ。

オベルティアスと戦っていたフレアとシルフィが、俺の傍にやってくる。

「レオン‼」

フレアが珍しく子供のように俺に抱きついた。

「馬鹿馬鹿！　無茶して！　死んじゃったかと思ったんだから‼」

涙を浮かべるフレアの髪を撫でると、シルフィも頭を俺に向かって突き出した。

「私だって心配したんだから。エルフィウスと戦うなんて考えたこともなかったもの」

頼りになる相棒たちだが、こうしていると可愛いものだ。

俺はシルフィの頭も撫でながら頷いた。

「ああ、全くだ。一体何故エルフィウスが？　この神殿の奥に何があるんだ……」

思わず神殿の奥に続く扉を見ていると、今度はオリビアが勢い良く抱きついてくる。

「レオン！　レオン、レオン‼　本当に生きてるのね⁉」

名前を連呼されてギュッと抱きしめられた俺は苦笑した。

「ああ、オリビア。そんなに心配するな、足はついてる」

オリビアは涙に濡れた目でこちらを睨む。

「ふざけないで！　貴方が死んでしまったと思ったのよ……私がどんな気持ちだったかも知らないで」

「ああ、悪かったって」

俺が頭を掻くと、彼女は改めて俺を見つめて少し頬を染めた。

そして、慌てたように体を離す。

「本当にレオンよね？　少年姿の貴方しか知らないからまだ慣れなくて」

「ああ、姿は変わっても俺は俺だからな」

そんな俺を暫く眺めた後、オリビアは瓦礫の中で倒れているエルフィウスへと目を向けた。

「それにしても信じられないわ。まさか、シリウスが伝説の四英雄の一人だったなんて」

オリビアと一緒に俺の傍までやってきていたゼキレオスも、娘と同じ方向を見つめながら呻く。

「ワシにも信じられぬ。四英雄の一人であるエルフィウスが何故、素性を隠してアルファリシアの将軍にまでなっていたのか。それに、この扉の奥には何があるというのだ」

俺はゼキレオスの言葉に頷いた。

「エルフィウスにもう一度問いただすしかないな。この奥に一体何があるのか。俺がこの先に進むのをどうして奴が止めたのか、分からないことだらけだ」

何か理由があるはずだ。二千年前に友として共に戦ったエルフィウスが、訳もなく俺を殺そうとするはずがない。

シルフィも同意する。

「そうね。それを確かめる前にこの先に進むのは危険だわ」

俺は壁際に倒れているエルフィウスのもとに歩を進めた。

まだ警戒したように身構えながら、俺と一緒に向かう精霊たち。

オリビアとゼキレオスは少し離れながらも、その後に続いた。

俺は膝をつき、倒れているエルフィウスを抱き起こす。

暫くすると、まだぐったりとはしているが、エルフィウスが微かに目を開けた。

「流石だな、ジーク。だが、何故俺を殺さなかった。今ならば殺せたはずだ」

確かにな。俺は呪いを解いてかつての姿に戻っている。

しかし、エルフィウスはシリウスの姿のままだ。

何故この姿のまま、これほどの力を発揮出来るのかは分からないが、それでも呪いを解いた俺の方に分があった。あのまま完全に雌雄を決することも出来ただろう。

だが、俺にはエルフィウスを殺す理由がない。

奴の問いに、シルフィが憤る。

「何故殺さなかったですって!?　貴方が仲間だからじゃない！　忘れたの？　二千年前、私たちは一緒に戦った仲間だったのよ！　だからレオンも……」

「甘いな。その甘さが、お前たちの命取りになる」

そう言うと、エルフィウスは俺を見つめた。

「ジーク、今ならまだ間に合う。俺を殺せ。そしてこの場から立ち去るのだ。お前は決して、あの扉の奥に行ってはならん」

「一体何故だ？　あの奥には何がある」

俺の真剣な眼差しに、エルフィウスの顔に躊躇い(ためら)の表情が浮かぶ。

そして意を決したかのように口を開いた。

「ジーク、この神殿には恐るべき秘密があるのだ。それを探るために俺は国王の信を得た。あの扉の奥には……ぐぅううううう‼」

何かを言いかけたエルフィウスは急に呻き声を上げると、俺の体を押しのけてよろよろと立ち上がり、叫んだ。

「俺から離れろ！　今すぐに‼」

「エルフィウス⁉」

呻きながら自ら俺たちから遠ざかるエルフィウスの姿に、シルフィが声を上げた。

「レオン！　見て、エルフィウスの紋章が‼」

「ああ……」

力を使い果たして輝きを失っていたその紋章が、再び強く輝き始めている。それを見て精霊たちは身構えた。

オリビアが叫ぶ。

「レオン！　神殿の壁画の紋章が……」

オリビアの言葉通り、壁画に描かれたエルフィウスの右手の紋章が強く輝いている。

それがまるでエルフィウスに力を与えているかのように、目の前に立つ男の体から、先程よりも強大な力を感じた。

ゼキレオスが呻く。

「これは一体。まるでこの神殿自体が意志を持ち、奴に力を与えているかのようだ」

次第に壁画の紋章の輝きは弱まっていき、俺たちの前には一人の男が立っていた。

オリビアが呆然と呟く。

「シリウスじゃない……あれは一体誰なの？」

そう、そこに立っていたのは、先程までとは違う男だ。

だが、俺にとってはよく見慣れた顔でもある。シリウスよりも遥かにな。

いつ移動したのか、その男は静かに、神殿の奥へと続く扉の前に佇んでいた。凄まじいスピードだ。

シルフィが警戒心を露わにして牙を剥くと、オリビアに答える。

「雷神エルフィウス。オリビア、あれが彼の本当の姿よ」

あれは確かにかつてのエルフィウスの姿だ。

奴も呪いを解いたのか？　二千年前、俺たちにかけられた呪いを。

しかし、その紋章は以前のエルフィウスのものとは違う。

バチバチと音を立てて右手に纏わりついている雷には、黒いものが混ざっている。

次第に黄金の紋章は黒く染まっていった。

「エルフィウス、その紋章は一体……」

思わず剣を構える俺に、エルフィウスは静かに告げた。

「ジーク、お前は俺を殺す最後のチャンスを失った。二千年の時を経て、今日ここが約束の地となり、そしてお前の墓標になるだろう」

その瞳はかつての友のものであり、また違う何かのようでもあった。

身構えているフレアが叫ぶ。

「レオン、オベルティアスが‼」

「ああ……」

オベルティアスも再び俺たちの頭上に現れた。

主であるエルフィウスと同じく、力は先程よりも増し、その目はこちらを見下ろしている。

「まさか、獅子王ではなく鬼の小娘に不覚を取る日が来るとはな。その炎、余程強力な守護者がいるようだが、それがそなただけだとは思わぬことだ」

尊大ともいえるオベルティアスの視線は、フレアの後ろに立つ炎の人影を射抜くと、自らの首につけられた傷に向いた。

「神獣である我の体に傷をつけたことは、万死に値する。主よ、我に力を！」

オベルティアスの言葉に応えるように、エルフィウスはその真下へとやってきて、上に向かって剣を掲げる。同時に、オベルティアスの頭上に巨大な魔法陣が描かれた。

神獣は強い力を発しながら、大きく吠えた。

「その罪を贖うが良い。麒麟オベルティアスの名において、我の中に眠る偉大なる獣たちの封印を解く！　四神結界‼」

その瞬間――

オベルティアスの体が輝きを放つと、そこから四つの光が現れて、俺たちの四方を囲む。

一つ目は白く、二つ目は炎のように赤く、三つ目は大地を示すような黄色の輝きを、最後の光は空のように青く輝いていた。

そして、真上にいるオベルティアスと共に、美しい四角錐を作り上げた。

まるで俺たちをその中に封じ込めるかのように。

エルフィウスはこちらを眺めると剣を構え、告げた。

「ジーク、お前たちを取り囲んでいるのは、古に偉大なる神と称された神獣たち。白虎、朱雀、玄武、青龍の魂だ。オベルティアスの中に眠っていた四つの神獣の魂が作り上げた、この四神結界。もはや、お前たちがここから生きて出ることはない」

その瞬間、俺たちの体は金縛りにあったかのように動きを止めた。

◇◆◇◆◇

レオンたちが結界の中で動きを止めたのを見て、オリビアは思わず声を上げた。

「レオン！　お父様……一体どうなってしまったの？」

オベルティアスが作り出した結界の中では、レオンや精霊たちだけではなく、エルフィウスでさえ動きを止めている。そして、結界を形作るオベルティアスと四つの光も同様だ。

ゼキレオスは娘を守るようにその胸に抱きながら、結界を見つめている。

「ワシにも分からぬ。だが、あの結界の中にいるレオンたちからは強力な闘気を感じる。我らには止まって見えるが、まるで未だどこかで戦っているかのようにな」

オリビアは不安そうにレオンを眺めていた。

「戦っているって、一体どこで？」

結界の中で真っすぐに前を見つめているレオンの姿に、オリビアは両手を胸の前に当てると、祈りを捧げる。

彼が死んでしまったらと思うと胸が締め付けられた。

（もしかして、私はレオンのことを……）

父王であるゼキレオスに、レオンの妻になってはどうかとからかわれた時は、顔を真っ赤にして反論したが、今はただ彼の無事を一心に祈る。

その目には涙が滲み、美しい横顔が震えている。

「レオン、どうか無事でいて！」

そんな中、ゼキレオスは娘のもとを離れて結界に近寄ろうとするが、そこから感じられる凄まじい力に撥ね返されてしまう。

「ぐぬ……凄まじい力だ。これ以上は近づけぬ」

このことを、執務室で控えているミネルバたちに伝えるために戻ることも考えたが、聖堂の入り口に見えない壁が立ち塞がり、向かうことが出来ない。

（いや、たとえミネルバに伝えたところでどうすることも出来ぬだろう。黄金騎士団を束ねるシリウスももはや我らの敵に等しい。せめてオリビアだけでもこの神殿の外へと思ったのだが……）

ゼキレオスは眉を顰め、結界の中でエルフィウスと対峙しているレオンの姿を再び見つめた。

「レオンたちが結界を破るのを待つしかあるまい。我らでは手が出せぬ戦いだ」

伝説の四英雄同士の戦いだ。

いかに騎士王と呼ばれる男でも、その戦いの輪に加わることは出来ないだろう。

口惜しい思いで拳を握り締める。

「レオンよ。お主はここで命を落とすにはあまりにも惜しい男だ。決して死ぬでないぞ」

「ええ、お父様……」

オリビアも父王の傍でただひたすらレオンの無事を祈っていた。

「これは……一体どういうことだ？」

俺は周囲を見渡して思わずそう呟いた。

傍にいるフレアとシルフィも同様である。

「レオン、どうなってるの⁉」

「私たちは地下神殿の聖堂の中にいたはずよ！」

精霊たちの言葉に頷きながら、俺は辺りを見渡すと剣を構えた。

「ああ、確かにな。ここは一体どこだ？」

俺たちが今立っているのは広大な大地の上だ。

自然が豊かで、遠くには美しい山々が連なっている。

とても地下神殿の中だとは思えない。

シルフィが周囲を注意深く観察しながら、低い声で言う。

「幻覚かしら？　でも、貴方や高位精霊である私たちに単純な幻覚なんて通じるとは思えないけど……」

「この感覚は幻覚だとは思えない。まるで現実と変わらないわ」

そんなフレアの言葉に答えるように、空から声が響いた。

「これはただの幻覚などではない。我の中に眠っていた古の神獣が作り出した世界だ。敵の魂をこの結界の中に封じ、滅する。ここで死ぬことはただの死ではない。精霊すら逃れることの出来ない、魂の消滅だと知ることだ」

俺たちが上を見上げると、そこにオベルティアスの姿が現れる。

その背にはエルフィウスが騎乗していた。

「レオン‼」

フレアはそう叫ぶと薙刀を構え、シルフィが低く唸る。

「どうやら、あの四神結界とやらの中のようね。オベルティアスの言葉が本当なら、ここでの死は現実での死よりも重いものだわ」

「そのようだな」

恐らくは、俺たちの肉体はまだあの神殿の中にあるのだろう。しかし、精神や魂は、奴が作り出した結界によってこの世界に閉じ込められたようだ。

そして、ここでの死は魂の死を意味するということだ。

俺はもちろん、精霊であるシルフィやフレアさえも逃れられない、魂の消滅。

相手を確実に倒すのなら、確かにこれ以上の方法はないだろう。

オベルティアスは俺たちを眺めながら言った。

「この世界は大地を守護する玄武の魂が作り出したもの。そして、主や我と共にお前たちを滅するのは、他の三体の神獣となる」

その言葉通り、オベルティアスの周囲には三体の獣の姿が現れた。

一体は巨大な白い虎、そしてその隣で羽ばたくのは強烈な炎を纏った巨鳥、最後に天を揺るがすような咆哮を上げたのが、青い鱗を持つ巨龍だ。

シルフィが空を見上げながら呻いた。

「冗談じゃないわ……エルフィウスとオベルティアスだけで手一杯だというのに、あんな化け物じみた連中を三体も相手にするなんて！」

あれがエルフィウスが言っていた、白虎、朱雀、青龍に違いない。

シルフィが言うように、どの神獣たちもオベルティアスさえも凌ぐ力を放っている。

そして、残りの玄武とやらがこの世界を作り出しているのだろう。

その威圧感に、高位精霊であるシルフィでさえ怯むのも無理はない。状況は絶望的だ。

フレアは薙刀を構えて空を見上げると俺に言った。

「でもやるしかない！　そうでしょう？　レオン‼」

「ああ、そのようだな。ここが奴らの作り出した世界なら逃げ場はどこにもない」

シルフィも意を決したように頷く。

「分かってるわ……レオン、貴方はエルフィウスとオベルティアスを仕留めて頂戴！　他の神獣たちを相手にするよりも、術者を仕留めた方が楽だもの。そうすれば、この結界が解けるかもしれない」

俺はシルフィの言葉に頷いた。相手の数を考えれば、長引くとこちらに不利になる。シルフィの言う通り、方法は一つだ。

「考えていても仕方ない。やるしかなさそうだな」

俺は剣を構え闘気を高める。

フレアも炎の力を高めた。強烈な神通力がその角に宿っていくのが分かる。

「レオン！　私とシルフィが援護するわ」

「ああ、分かった！　行くぞ、フレア、シルフィ‼」

「「ええ‼」」

両手に現れる英雄紋、同時に地上に強力な炎を帯びた魔法陣が広がっていく。

紅蓮纏刃で剣に炎を纏わせると、さらに闘気を高めた。

「おおおおおお！　獅子王の瞳、開眼‼」

俺の瞳に魔法陣が描かれていく。

こうなった以上、もう正面から激突することを避けられはしない。互いの命をもってしか決着がつかない勝負だ。俺が負ければ、シルフィやフレアも滅することになる。

この一撃で決着をつける。

そうしなければ、こちらに勝機はないだろう。

「行くぞ！　倒魔流秘奥義、獅子王瞬炎滅殺（しゅんえんめっさつ）‼」

膨大な魔力と闘気が俺の足に凝縮され、それが爆発的な脚力（きゃくりょく）を生む。

地を蹴った瞬間、俺はもうオベルティアスに騎乗するエルフィウスの傍に現れ、その喉元に剣を振るっていた。

目の前にいるエルフィウスの瞳がこちらを見つめている。

雷神の瞳だ。

俺が地を蹴った瞬間、エルフィウスも雷化し俺に向かって剣を振っていた。

激しくぶつかり合う剣と剣、俺は体を反転させて宙を舞う。

そしてエルフィウスたちの頭上を取った。

「もらったぞ！　エルフィウス‼」

頭上の死角から俺の一撃が、エルフィウスに向かって放たれる。

だが、その瞬間――

凄まじい勢いで、青い巨龍の長い尾が、こちらに向かって振るわれた。

青龍の咆哮が天をつんざく。

「ちっ！」

俺は体をひねると尾をかわした。

そのスピードと威力は神獣の攻撃に相応しい。まるで空間がえぐり取られるような一撃だ。

そして、再びエルフィウスの方を見た。

だが、そこにはもう雷神の姿はない。

背に乗せた主が消えた、オベルティアスの姿だけだ。

頭上から寒気がするような闘気を感じる。

奴は上だ。

青龍の攻撃に一瞬気を取られた隙をついて、オベルティアスの背を蹴り、俺の頭上を取ったのだろう。

「終わりだ、ジーク！」

奴の雷化した剣が、俺の首を刎ねようと襲い掛かる。

「くっ‼」

俺は体勢を崩しながらそれを辛うじて剣で受けたが、振り切られた奴の剣が俺の剣を弾き飛ばした。

「しまった！」

ヤマトの職人が鍛えたその剣は、地上へと落ちていく。

同時に青龍の巨大な顎が咆哮を上げながら迫ってくると、俺を喰らおうと大きく開いた。

「「レオン‼」」

白虎と朱雀を足止めすべく、二体の神獣の前でその薙刀と牙を振るっていたフレアとシルフィが叫んだ。

次の瞬間、僅かな隙を見せたフレアの薙刀が、白虎の前足の爪で吹き飛ばされて、その小さな体を噛み砕こうと白虎が牙を剥くのが見えた。

シルフィが悲鳴を上げる。

「いやぁあああ‼　フレアぁああ‼」

ここでの死は魂の死だ。

背筋が凍り、まるで時が止まったかのような感覚になる。

その時、誰かが叫んだ。

「獅子王！　これを使いな‼」

声がしたのと同時に、俺に向かって猛烈な勢いで何かが投げつけられる。

それは炎で出来た剣だ。

掴むと、その刀身に強烈な力を宿しているのが分かる。

俺が巨龍に一太刀入れると、俺を一呑みにしようとしていたその下顎と牙が滑らかに切り落とされた。凄まじい切れ味だ。

思わぬ反撃を受けて青龍は咆哮を上げる。

そして、俺は地上へと着地した。

「フレア！！！」

俺は白虎と戦っていたフレアの方を見た。

白虎の牙に引き裂かれているフレアの姿が脳裏に浮かび、再び背筋が凍った。

だが――

フレアの前には一人の女性が立っており、彼女の両手が、フレアに喰らいつこうとする白虎の顎を掴んでいる。

顔だけで優に人の身長ほどの大きさがある神獣相手に、途轍もない力だ。

巨大な牙が鼻先にあるにもかかわらず、臆することもなく微動だにしない。

その体には、フレアよりも遥かに強い炎が宿っている。

白虎の顎を掴みながら、女は言った。

「私の娘に手を出すんじゃないよ！　この子は私の命だ。どうしてもって言うのなら、この私を倒してからにするんだね‼」

2　結界の中で

女の迫力に押されて、白虎は一度大きく後ろに下がると距離を取る。

フレアは呆然と女の顔を見つめている。

そして、その目からはボロボロと涙が零れた。

「嘘……ほむらなの？」

彼女の額には、フレアと同じ鬼の角が生えている。

それは紛れもなく、かつて鬼神と呼ばれていた土地神、ほむらの姿だった。

ほむらは優しくフレアの頬に触れる。

そして、静かに涙を流した。

「ああ、フレア。またこうしてあんたの頬に触れることが出来る日が来るなんてね。私も信じられないよ」

「ほむら！　ほむらぁああ‼」

泣きじゃくって、ほむらの体をしっかと両手で抱きしめるフレア。

ほむらは白虎を睨みながらも、その腕にフレアを抱く。

そして優しい目をして頭を撫でた。

「強くなったね、フレア。いつも傍で見ていたよ」

「うん……お母さん」

気丈なフレアが今は只の少女のように見えた。

そうか。ここは魂が形になって現れる世界だ。

オベルティアスの中に眠っていた神獣たちの魂が姿を現したように、フレアの中に宿るほむらもまた。

神獣たちがほむらの様子を窺いながら距離を取ったのを見て、シルフィは俺の傍にふわりと着地した。その目には涙が光っている。

「まさかこんなことが……」

「ああ、シルフィ」

母であるほむらの大事な村を守るために命を燃やして戦ったフレアと、そんな娘の命の灯を消さないために自らの魂を捧げたほむら。

二千年の時を経て、こんなところで巡り会うことになるとは、誰も思いもしなかっただろう。

たとえ血が繋がっていなくとも、二人は誰よりも強い絆で結ばれた母子だ。

俺はそれをよく知っている。

娘を守るように抱くほむらの額の角に、強い神通力が宿っていく。

フレアはそっとほむらの手を取ると、自分も同じように角に力を宿した。

「フレア！　再会を喜ぶのは後だ」

「うん、ほむら！　分かってる‼」

二人は声を揃えて叫ぶ。

「「はぁあああぁ‼　鬼神霊装ヒノカグツチ‼」」

ヤマトの古代の神を宿した美しい炎が渦を巻いて天を突くと、二人の手には今までよりも力に満ちた薙刀が握られていた。

ほむらはフレアの涙をそっと拭うと俺に言った。

「私も手を貸すよ、獅子王！　あんたは二千年前の約束を守って、いつだってフレアの傍にいてくれた。この時代にやってきてからもね。獅子王ジーク、あんたには払い切れない借りがある！」

俺はその言葉に頷いた。

頼もしい仲間だ。

「歓迎するぜ、ほむら。なにせ、向こうに比べてこっちは頭数が足りないからな」

「ああ、そうみたいだね。それにどうやら一筋縄ではいかない相手のようだ」

俺が切り裂いたはずの青龍の下顎はもう再生している。

白虎も突然出現したほむらを警戒はしている様子だが、怯んだ気配はない。注意深くこちらを窺っている。

ほむらは頭上で軽やかに薙刀を振るって構えると、白虎と青龍に対峙する。

そして、空から観察している朱雀を見上げた。

「向こうはやる気のようだね。いいさ、来な！　フレア、準備はいいかい？」

「ええ、ほむら！　ほむらと一緒なら百人力よ」

フレアもほむらの真似をして、鮮やかに舞うように薙刀を構えた。

ほむらの出現がフレアにもさらなる力を与えているようだ。

その姿は可憐で、身に纏う炎は一層強く燃え盛り、美しい。

シルフィが俺に言う。

「私も二人と一緒に神獣たちを牽制するわ。貴方はその間に、エルフィウスたちを倒して！」

「ああ、分かった。無茶はするなよ、シルフィ」

「分かってる。ほむらじゃあるまいし、まともに神獣を相手にしても勝ち目はないもの。でも暫くの間、貴方から注意を逸らしてみせる。貴方も気を付けて、レオン！」

俺は頷くとオベルティアスに騎乗したエルフィウスと対峙し、ほむらから渡された炎の剣を構えた。

エルフィウスは、俺たち四人を静かに見つめている。

「どうやら一人増えたようだな。だが、無駄なことだ。言ったはずだぞ、もはやお前たちが生きてここから出ることはないとな」

俺とエルフィウスの間に凍り付くような緊張(きんちょう)が走る。

エルフィウスと対峙している俺を目掛けて、青龍が再び咆哮を上げてやってくるのが見えた。

だが、その鼻先に、地上を蹴って宙に舞ったほむらが立ち塞がる。

同時に、先程の意趣返し(いしゅがえ)しとばかりに、白虎が地上からほむらを追い、牙を剥く。

「喰らいな、紅円舞斬(くれないえんぶざん)‼」

ほむらの薙刀の先が鮮やかな円を描くと、青龍の巨大な前足を斬(き)り落とし、返す刀で白虎の牙を斬り飛ばす。

「私だって！　はぁあああ‼」

すかさずフレアが、怯んだ白虎の喉元を切り裂いた。

咆哮を上げながら、退く二体の神獣たち。

「やるもんだね、フレア」

「うん！　ほむらといると凄(すご)く力が湧いてくるの‼」

そう言ってフレアは胸を張る。

シルフィは、そんな二人を狙い急降下してきた朱雀の目の前をかすめるように走り抜け、その注意を引き付けた。

「こっちよ‼」

その声にほむらとフレアは再び地上を蹴ると、朱雀の左右の翼を切り裂く。

「「はぁあああああ‼」」

朱雀は翼に傷を負い、怒りの声を上げながらも空高くへと舞い戻る。

華麗(かれい)に地上に降り立つほむらと、シルフィの背中に乗ってふわりと着地したフレア。

息の合った三人だ。

「やるわね二人とも！」

「ええ、これならきっといけるわ！　シルフィ‼」

喜ぶフレアとシルフィを、優しい目で見つめながらもほむらが言う。

「二人とも、安心するのはまだ早いよ。見てごらん」

ほむらの視線の先には、青龍と白虎が身構えている。

その体の傷は次第に回復し、ほむらに斬り飛ばされたはずの青龍の前足も新しく生え変わる。

天空で円を描くように飛行している朱雀の翼の傷も同様だ。

シルフィとフレアは唇を噛んだ。

「流石神獣と言うべきか。これじゃあ、きりがないね」

「ええ……でもやるしかないわ。そうでしょう、ほむら！」

「ああ、そういうことさ、フレア！」

フレアとシルフィは、ほむらの勇ましい声に勇気づけられたかのように頷く。

やはり術者を倒すしかなさそうだ。

この結界を作り出したのはオベルティアスだ。奴を倒せば結界が崩壊する可能性はある。

エルフィウスがオベルティアスに騎乗している以上、それは困難には違いないが、やってみる価値はあるだろう。

「行くぞ！　エルフィウス」

俺はオベルティアスに騎乗しているエルフィウスに向かって、一気に距離を詰める。

オベルティアスの角が俺の頬をかすめ、雷化したエルフィウスの剣が肩口を浅く切り裂く。

同時に、俺の剣がオベルティアスの角を斬り落とし、エルフィウスの額に傷をつけた。

「ぐぅううう‼」

オベルティアスは、思わず後退する。

「おのれ‼」

自慢の角を斬り落とされ、怒りに燃えるオベルティアスを尻目に、俺は近くの茂みへと一気に走る。背後から奴の咆哮が響いた。

「どこへいく獅子王！　臆したか‼　我が主の前で、そのような場所に逃げ込んでも無意味だぞ！」

確かに、これほど闘気を高めたままこんな茂みに身を隠したところで、意味はない。

その気配で、どこにいるかなど手に取るように分かるからな。

茂みの中にいる俺の頭上に、オベルティアスが大きくジャンプし、エルフィウスが茂みに向かって剣を一閃させる。その瞬間、俺は茂みから飛び出すと、エルフィウスの攻撃をかわし、ほむらから貰った炎の剣を投げた。

「なに⁉」

エルフィウスを乗せたオベルティアスは、音を立てて飛来する剣を体を逸らしてかわす。

意外な行動に虚を衝かれ体勢を崩したものの、武器を失った俺を見て、勝ち誇ったように笑う。

「自ら武器を手放すとは愚かなことを。主よ、獅子王に裁きを‼」

その瞬間、俺の左手の剣がオベルティアスの首を刎ねた。

「――⁉」

あまりのことに声もなく、飛ばされた首がこちらを見ている。

俺の手には、先程一戦を交えた時にエルフィウスに弾き飛ばされ、地上に落下した剣が握られている。

茂みを出た時は背中に隠し持っていたため、奴らには見えなかったはずだ。

「悪いな、オベルティアス。俺は逃げたんじゃない、少しばかり探し物があっただけだ」

流石神獣と言うべきか。首を失ってもなお主を乗せたまま歩を進めると、少し離れた場所でこちらに振り返る。

これで術者は倒した。結界は消滅するはずだ。

だが――

「愚かな真似を。お前たちは、二度とここから出ることはないと先程言ったはずだぞ」

そう口にしたのは、地面に転がっているオベルティアスの首だ。

そして、それは次第に消え去っていくと、代わりに首のないオベルティアスに新しい首が生えてくる。

「なんだと？　馬鹿な……」

俺は思わず呻いた。

術者は確かにオベルティアスのはずだ。

だが、奴を倒しても結界が崩れるどころか、死ぬことすらないとは。

オベルティアスの額には、先程斬り落としたはずの角も再生している。

そして低い声で口を開いた。

「言ったはずだぞ。この結界の世界を作り出しているのは玄武の魂だとな。術者は既(すで)に我ではない、玄武だ。だが、玄武はこの世界そのもの。世界を破壊でもしない限り我らは死ぬことはない。ここで死ぬ定(さだ)めのお前たちとは違ってな」

ほむらは白虎と戦いながら、レオンたちの戦いを横目で見つめる。

「なんて奴だい。斬られた首が生えてくるなんてね」

そして、自分が戦っている白虎たちを見据(みす)えた。

「つまりこいつらもそうってことか……きりがないわけだ。だが、どうやら玄武って奴を倒せばいいらしいね」

ほむらは鋭い聴覚(ちょうかく)でレオンたちの会話を聞きながら薙刀を振るい、白虎の牙と青龍の顎(あぎと)を退けた。

「でも、ほむらどうやって？　ここにはいないわ」

フレアは薙刀を構えながらほむらにそう問う。

彼女はほむらの手伝いをしながら、上空から何度も攻撃してくる朱雀を、シルフィと繰(く)り返し迎撃(げいげき)している。

「玄武って奴が術者で、この世界そのものでもあるみたいだね。この世界を破壊でもしない限り、こいつらは何度でも復活するらしい」

「そんな……」

フレアが思わず息を呑んだ。

ほむらはそんな娘を見つめながら拳を握り締める。

（世界を破壊するか。そんなことが出来るぐらいなら最初からやっているさ、そうだろう？　獅子王。他に方法はないのかい？　術者さえ姿を現せば、この薙刀で倒してやるのに。私はもう二度とあんな思いはしたくないんだ。私の目の前でフレアが……）

二千年前、自分の前で命の灯を消しかけた娘の姿を思い出す。その記憶が、ほむらの炎をさらに強く燃え上がらせる。

それによって、再び襲い掛かってきた神獣たちの攻撃を退けたが、根本的な解決には程遠い。

フレアと共に朱雀を迎撃したシルフィは二人の傍で呟いた。

「世界を破壊する力……」

「何か心当たりがあるのかい？　シルフィ」

ほむらの言葉に、シルフィは少し考え込むと首を横に振った。

「いいえ。何でもないわ」

そして、三人を取り囲んで様子を窺っている白虎と青龍、朱雀を眺める。

「まるで、じわじわとこちらを消耗させているかのようね。このまま戦い続ければ、いずれ向こうは必ず勝つわ。無理をせず、何度も攻撃と再生を繰り返せばいいんだもの」

戦い続けて、相手が隙を見せた時に勝負を決する。

エルフィウスとの戦いで青龍が見せた動きや、フレアを襲った白虎を見ていればそれが分かる。

結界の中に封じ込めた相手を倒す、完璧な布陣だ。

（これから先、みんなに疲労が溜まれば、一番弱い者を守ろうとして全員が危険になりかねない。そして、それはきっと……）

シルフィはこちらを窺っている神獣たちを睨みながら、フレアに言った。

「フレア、いざという時は私には構わないでレオンやほむらと戦いなさい。私を守ろうなんて思わないで。それは貴方の死に繋がりかねないわ」

ほむらが現れる直前、白虎の牙に噛み砕かれそうになったフレアの姿を思い出して、シルフィは低い声でそう伝える。

それを聞いてフレアは首を横に振る。

「嫌よ絶対！　みんなで一緒に帰るの!!　そうでしょう？　シルフィ」

「聞き分けのないことを言わないで。私は貴方に死んで欲しくないの！」

シルフィは強い口調でそう言ったが、フレアは再び激しく首を横に振る。

「私だって……シルフィはいつだって私と一緒にいてくれた。ほむらが死んでしまって寂しい時も、狼の姿になって、私を抱くようにして眠ってくれた。レオンが仕事でいない時だっていつも！」

フレアはシルフィを見つめる。

「シルフィは私のお姉ちゃんだから。絶対に殺させたりなんかしない！　一緒に帰るの、絶対に‼」

「フレア……」

シルフィはフレアの顔を見つめ返す。

そして思った。

（フレア、貴方はやっぱりどこか『あの子』に似ている。あの子も言い出したら聞かない子だったから）

シルフィは遠い目で昔のことを思い出していた。

そんな中、再び神獣たちがこちらに向かって襲い掛かってくるのが見える。

ほむらが二人に言った。

「二人とも、今は余計なことを考えるんじゃない。必ず戻れるって信じることだ。白虎と青龍は任せておきな！　フレア、シルフィ、朱雀を頼むよ」

「ええ、ほむら！」

「分かったわ！」

レオンがエルフィウスたちと激しい戦闘を繰り広げているのが見える。

四英雄の一人、雷神と呼ばれる男に対抗出来るのはレオンだけだ。

（そうよ、レオンならきっとなんとかしてくれる。何か方法が見つかるまで、他の神獣たちの注意をこちらに引きつけなきゃ）

シルフィは改めてそう決意を固めると、フレアを背に乗せて宙に舞い上がる。まるで風のように。

眼下（がんか）では、ほむらが円を描くように鮮やかに刃を振るい、白虎と青龍の攻撃を迎撃している。

紅蓮の炎が渦を巻き、シルフィたちをさらに上空へと運んだ。

シルフィの背中にまたがったフレアが懐（なつ）かしそうに言う。

「こうしてると、一緒にヤマトの山を駆（か）け回ったのを思い出すわね、シルフィ」

「ふふ、そうね」

ほむらが死んでしまった後、元気がないフレアを慰（なぐさ）めるために、彼女を背に乗せて山を駆け巡ったことをシルフィは思い出す。

母を思い出して涙するフレアと一緒に、身を寄せながら眠ったことも。

そして、上空からこちらに降下してくる朱雀を睨んだ。

「来るわよ、フレア！」

「ええ、シルフィ‼」

朱雀が咆哮を上げて二人目掛けてやってくる。

その鋭いくちばしが薙刀を構えるフレアを捉えかけたその瞬間、フレアはシルフィの背を蹴ってその攻撃をかわすと、鮮やかに刃を振るう。

「はぁあああ！　喰らいなさい紅円舞斬‼」

ほむら直伝の技が、朱雀の左右の翼に傷を刻み込む。

朱雀はその場で再び咆哮を放ちながら、暴れるように大きく翼を羽ばたかせた。

その風圧が僅かにフレアの体勢を崩した。

空中で反転してフレアを迎えに行く途中だったシルフィの目が、大きく見開かれる。

（何あれは⁉　今までの攻撃とは違う‼）

シルフィの目には、喉元に凄まじいほどの力を凝縮している朱雀の姿が見えた。

そして巨鳥の目は、体勢を崩しているフレアを射抜いている。

まるで、隙を見せた獲物を仕留めるかのように。

「フレア！　駄目ぇえええええ！！！」

シルフィは自分が出せる最大の力を込めると、風に乗ってフレアに体当たりし、突き飛ばす。

その衝撃でフレアは、ほむらがいる方へと飛ばされていった。

「シルフィ！！？」

再び自分を背に乗せるはずだったシルフィの思わぬ行動に呆然とするフレアだったが、その目には優しく笑うシルフィの顔が見える。

「フレア、貴方と一緒にいられて楽しかったわ」

その瞬間――

朱雀の喉に凝縮されていた力が解放され、灼熱（しゃくねつ）のブレスが先程までフレアがいた場所を焼き尽（つ）くす。

フレアは叫んだ。

「嫌ぁああああ‼　シルフィ！！！」

朱雀のブレスでシルフィの体が炎に包まれていく。

そのまま地上へ落下していくシルフィは、こちらに向かって叫ぶフレアの顔を見つめていた。

（生きて、フレア。私はもう妹を失いたくないから……）

そして、同様に自分を見上げて叫ぶレオンとほむらを見る。

（レオン、ほむら、フレアを頼んだわよ）

炎に包まれて落下していくシルフィの意識はそこで途切れた。

私はシルフィ。

二千年前、私はある国の王女だった。精霊たちが暮らす、ルティウクという名の小さな国の王女。

そして、私には妹がいた。

彼女はエルルという名前で、私たちは幼い頃からいつも二人一緒だった。

「ねえ、エルル。私はいつかお城を出て世界中を旅するの！　風のように自由に‼」

それが私の口癖だった。

私がまだ十歳、エルルが九歳のあの日も、私はそう言って妹の前で胸を張った。

「だったら私も行く！　お姉ちゃんと私はいつも一緒だもん」

エルルは期待に目を輝かせて私を見つめた。

「お城の外にはいっぱい楽しいことがあるのかな？　お姉ちゃん」

「ええ、きっとそうよ！　エルル」

私はそう答えると、白い狼の姿になった。

普段は人間と変わらない姿で、そして狼に変身することも出来る。それが二千年前の私だ。

私だけじゃない。私たちの一族は、成長すると狼の姿に変身することが出来る力を持っている。

この国の精霊たちはみんなそうだ。

でも私のように十歳で狼の姿になれるのは珍しい。

私はちょっと自慢げにエルルに言った。

「でも、エルルにはちょっと早いわ。だって、まだ狼の姿になれないでしょう？」

私がからかうと、エルルは大きく頬を膨らませる。

「出来るもん、私だって！」

そう言って顔を真っ赤にして、変化しようとするエルル。

でもやっぱりまだ難しいみたいで、白い大きな耳と尻尾だけが生えてきた。

「はわわ！」

エルルは尻尾の重さでバランスを崩して尻もちをつく。

私が笑うとエルルは口を尖らせて言った。

「ふわぁ、頑張ったのに。でも、大きくなったら私も立派な狼になれるもん！」

「ええ、きっとそうよ！　だってエルルは私の妹なんだから」

私の言葉にエルルは嬉しそうに笑った。

「うん！　お姉ちゃん」

エルルが生まれてすぐにお母さんは病気で死んでしまったし、国王である父は忙しくて、妹はいつも私に甘えていた。

私はそんな妹が大好きだった。

エルルは私にねだる。

「ねえ、お姉ちゃん。またあそこに行こう！　守り神様を見たいの」

「もう、エルルったらほんとにあそこが好きね」

「だって、私も早く狼になりたいんだもん！　守り神様にお願いするんだ」

そう言って尻尾や耳はそのままで駆けていくエルルを見て、私は笑った。

「待ちなさいよ、エルル。そんなに急いだらまた転ぶわよ」

「大丈夫だもん！」

私たちは、王宮の中を駆け抜けると、宮殿の中に作られた祭壇へとやってくる。

そこには大きな狼の像があった。

白くて雄々しいその体、そして一番の特徴は十本の立派な尾だ。

エルルは祭壇の前に進み出ると手を合わせる。

「守り神様、早くエルルもお姉ちゃんみたいに狼になりたいの！」

尻尾をぴんと立たせて、目を瞑ると一心に祈るエルルを見て私は微笑んだ。

私も変身を解くと一緒に手を合わせる。そして、心の中で祈った。

（いつまでもエルルと一緒にいられますように）

私が目を開けると、エルルが私の顔を覗き込んでいる。

「お姉ちゃんは何をお願いしたの？」

「ふふ～ん、秘密！」

「あ！　ずるい‼」

祭壇の前で騒いでいると、侍女長のミレーヌが私たちを見つけてこちらに駆けてくる。

そして、眉を吊り上げて言った。

「シルフィ様、エルル様！　こんなところにいらしたんですね。私の目を盗んで、大事なお勉強中に逃げ出したりして。探したのですよ」

ミレーヌは侍女であり、私たちの教育係でもある。

とっても口うるさくて私の苦手なタイプ。

まあ、お父様に私たちを厳しく育てるように命じられているそうだから、仕方ないのだけれど。

「はわわ！　ミレーヌに見つかっちゃった。お姉ちゃん……」

エルルは、険しい表情のミレーヌを見て私の後ろに隠れる。

私は口を尖らせてミレーヌに言った。

「いいじゃない少しぐらい。だって、勉強ばっかりじゃ退屈なんだもん。ね、エルル！」

「うん！　退屈だもん」

そんな私たちを見てミレーヌは溜め息をつくと、守り神様の像を見上げる。

そして、怖い顔をして言った。

「いいですか姫様。悪い子にしていると、守り神様に食べられてしまいますよ」

エルルが言い返す。

「守り神様はエルルのこと食べたりしないもん！」

ミレーヌはそんなエルルを脅すかのように続けた。

「大体、大切な祭壇の前でこんなに騒いだりして、守り神様も怒っていますわ。あの十本の尾を見てください。あの尾は世界を破壊するほどの力があったそうです。それに、あの口。エルル様なんて一呑みですよ」

「ふあああああ‼」

エルルはそれを聞いて、怯えたように狼耳と尻尾を寝かせる。

私は再び狼の姿に変わるとミレーヌに言った。

「守り神様はそんなことしないんだから。ね、エルル！」

「うん！　お姉ちゃん」

私はエルルにウインクする。

「背中に乗りなさい、エルル」

「へへ、分かった！」

私はエルルを背中に乗せると、風のように駆け抜ける。

「姫様‼」

後ろでミレーヌの声が聞こえる。

振り返るとミレーヌも狼に変化していたけど、私の速さには敵(かな)わない。

狼の姿になれるようになると、中には不思議な力を授かる者たちもいる。私もその一人で、風の力があったから。

「しっかり掴まってるのよ！　エルル」

エルルはしっかりと私にしがみついてはしゃいだ。

「うん！　お姉ちゃん、速い速い！　凄いよ、本当に風みたい‼」

私も嬉しくなって王宮の庭を駆け巡る。

その時は、私たちはずっと一緒にいられると思っていた。

守り神様にお願いしたように、いつまでもエルルと一緒に。

だけど、その日は突然訪れた。

私が十四歳、そしてエルルが十三歳になった時、国王である父が亡くなった。

父は国を守るために魔物との戦いで命を落とした。

「お姉ちゃん……」

涙を流すエルルの肩を私はずっと抱いていた。

でも、いつまでも悲しんではいられなかった。

父たちが一度撃退したものの、またいつ魔物に襲われるか分からない。王を失った国を誰かが纏めなければいけないのだから。

それは、私かエルルのどちらかが女王になるということだ。

この国の王になる者は、守り神様が選ぶしきたりになっていた。

王に選ばれた者は、守り神様から加護を受け、その力に応じて尾の数が増える。尾の数が多いほど、強い王となって国を守護する。

亡くなった父の尾は七本もあってとても強い王様だった。

エルルは十三歳になってもまだうまく変化が出来ずにいたため、誰もが私が女王になり、この国を治めるものだと期待した。

「エルル」

「お姉ちゃん」

守り神様の祭壇で私とエルルは手を合わせて祈る。

女王を選ぶ儀式が始まった。一晩中続いた儀式の結果は意外なものだった。

私ではなく、エルルが選ばれたからだ。

守り神様からの加護を受け、エルルは初めて完全な狼の姿に変わっていた。

神官たちは思わず声を上げる。

「シルフィ様ではないのか？」

「ま、まさかエルル様が選ばれるとは」

「今まで変化すらされたことがないお方だぞ……この国はどうなるのだ」

だけど、戸惑いの声はエルルの後ろに広がっていく尾の数を見て、喜びの声に変わっていく。

エルルの尾の数は九本だった。

今までの王の中で最も多い尾を持つ国王の誕生に、人々は歓喜の声を上げた。守り神様に次ぐ尾の多さに、その再来だとまで言う者もいたほどだ。

そして、エルルに目覚めたのは氷の力だ。

人々は強い女王がこの国を守ってくれることを期待した。

「エルル、貴方が守り神様に選ばれたのよ。私も貴方を手伝うわ」

妹が女王に選ばれても私は気にしなかった。だって、私の願いはずっとエルルと一緒にいることだから。

でも、あの子は違った。

次第に私への態度が変わっていったから。

そして一年後、私が十五になった時に、エルルは私にこの国を去るように言った。

女王の間で私はエルルに問いただす。

「どうしてなの？　エルル！　何故私に出て行けなんて言うの？　一体どうして……」

エルルは氷のように冷たい目で私を見つめた。

「貴方がいつまでも私を子供扱(あつか)いするからよ。女王に選ばれたのは私なの。もう貴方はこの国に必要ないわ」

「エルル‼」

信じられなかった。

とてもエルルが言った言葉だとは思えない。

「エルル、貴方一体どうしてしまったの⁉」

私の言葉には答えず、エルルは狼の姿に変わっていく。

九つの尾を持った銀色の狼に。

「聞こえなかったの、シルフィ。出て行きなさい。それとも私と戦ってみる？　皆の前で、私に貴方が必要ないことを証明してあげてもいいのよ」

エルルの氷の力が、その心までも変えてしまったのだろうか。

凍てつくような冷気が、女王の間を包んでいく。

冷たい目でこちらを見つめるエルルに、私は答えた。

「エルル……貴方と戦うつもりはないわ。たとえ私に貴方に勝てる力があったとしても、そんなこと絶対にしたくないから」

小さなエルルの姿を思い出す。耳と尻尾だけが狼になって、尻もちをつくエルルの姿を。そして一緒に笑い合った日々を。

思い出すと涙が零れた。

私はその思い出を振り切るように国を去った。

そして旅に出た。

その旅の中で私はジークに出会った。

契約を結んだのは、彼が四英雄だからじゃない。彼のお人好しなところに惹かれたから。

一緒にいると、なんだか心の傷が癒される気がして。

倒魔人の彼と一緒に戦いながら旅をするのが、私は気に入っていた。

それから数年後、私はジークの仕事の兼ね合いでこの国の近くに来ていた。

近くの魔物を討伐し、宿屋の酒場で羽を伸ばしていた私にジークが言った。

「故郷に寄らなくてもいいのか？　シルフィ。精霊の国ルティウクはお前の故郷だろう？　あそこの精霊たちはお前と同じように狼の姿になれると聞くからな」

その言葉に私は首を横に振った。

「寄るつもりはないわ。誰も私のことなんて待ってないもの。レディに余計な詮索をすると嫌われるわよ、ジーク」

ツンとした顔で私がそう答えると、ジークは頭を掻きながら肩をすくめる。

「そりゃ悪かったな。お前がレディだってことを忘れてたぜ」

「もう！　何ですって⁉」

私はそう言いながらもジークと顔を見合わせて笑う。

酒場のマスターに私は注文をした。

「マスター！　お酒頂戴。ジークと同じのがいいわ」

「へいよ！　可愛いお嬢ちゃん」

私の前にお酒が置かれる。

それを飲もうとしたらジークに取られた。彼はそれを飲み干して、マスターに別の飲み物を注文する。そして私に言った。

「シルフィ、お前にはまだ早い。たく、大体酒なんてまだ飲んだことがないだろうに」

「いいじゃない！　これも経験ってやつよ。せっかく旅をしてるんですもの」

そう言いながらも、私はジークが注文してくれた飲み物を口にする。

子供扱いは少し腹も立つけど、私のことを心配してくれるのがちょっと嬉しい。

そんなやり取りをしていると、酒場の入り口から二人組の冒険者らしき人たちが入ってくる。

彼らは、話しながらジークの隣のカウンター席に座った。

「なあ、聞いたか？　ルティウクのこと」

「ああ、さっき丁度ギルドに早馬が来て、腕自慢を募ってるらしいぜ」

そう言いながら男の一人がマスターに酒を注文した。そのまま話を続ける。

「お前は行かないのか？　結構いい金になりそうだぜ」

「馬鹿言うな。命あっての物種だ」

先程の言葉とは裏腹に、ルティウクと聞いて気になって仕方がない様子の私を見て、ジークが肩をすくめると男たちに尋ねる。

「ルティウクで何かあったのか？　良かったら聞かせてくれ」

男たちは顔を見合わせると頷いた。

「ああ、どうやら魔物の群れに襲われている様子でな。近隣の町や村から救援の依頼が次から次へとギルドに入ってる。腕自慢は稼ぎ時だってことで早速出かけたぜ」

「俺たちは素材収集が専門でな。魔物と戦う気はねえからこうして飲んでるってわけさ」

それを聞いて私は思わず身を乗り出した。

「どうしてそんなことが⁉　ルティウクの女王の力は強力なはずよ。彼女がいれば魔物はルティウクに近づけないはずだわ！」

男たちは答える。

「さあな、女王に何かあったんじゃねえのか？」

「こりゃ噂だけどな。邪龍バディリウスの姿を見たって言う奴がいるんだ。あんたたちも名前ぐらいは聞いたことがあるだろう？　伝説級の化け物だっていうぜ。城下は焼かれて、宮殿は滅茶苦茶に破壊されてたって、そいつは言ってやがったが。いくら女王が強くても小さな国だからな、ルティウクは。噂が本当ならこのまま滅んじまうかもしれねえな。ここだって危ないぞ。俺たちは一杯飲んだら遠くの街に逃げるつもりだ」

それを聞いて私は蒼白になった。

酒場もざわつき、いち早く逃げ出す者もいる。

そんな中、尋常ではない私の様子に、ジークが肩を掴んで問いかける。

「どうした、シルフィ！」

「ジーク……私、行かなきゃ！　宮殿に私の妹がいるの‼」

それを聞くや否や、ジークは酒場を飛び出した。

私もすぐに後を追う。

「シルフィ、道案内を頼む！」

「ええ、ジーク‼」

私は彼と一緒に森を突っ切り、故郷の国へと走る。

ひたすら走り続けると、月明かりが遠く故郷の宮殿を照らし出した。

それは見るも無残に崩れ落ちている。

「そんな……」

私は残酷な光景を目の当たりにしながらも走り続けた。

城下町も全て邪龍のブレスで焼き尽くされている。余程激しい戦いが長時間繰り返されたのだろう。城下にはもう生きている者はいない。

空には邪龍の配下の黒いドラゴンが群れを成して飛んでいる。

それは私たちに気が付くと、一斉に襲い掛かってきた。

「ジーク！」

「突っ切るぞ！　シルフィ‼」

ジークの両手に紅蓮に輝く紋章が描き出される。

そして、凝縮された闘気が空気を震わせた。

「倒魔流奥義！　獅子王裂空炎滅法陣‼」

空に巨大な魔法陣が描かれ、ジークが剣を振るうと凄まじい火炎の渦が巻き起こり、住人たちを蹂躙していたドラゴンたちを焼き尽くす。

そして、私の視線の先には、月光の下で対峙する巨大な邪龍と九つの尾を持つ銀狼の姿が見えた。

「エルル！！」

私はそう叫んで、彼女のところへ必死に走る。

ジークは邪龍の前に立ち塞がると剣を構えた。

でも、すぐにその剣をゆっくりと下ろした。

「これは……もう、死んでいる。俺たちでも手こずる相手だ、これほどの相手を倒すとはな。ルティウクの女王の力は噂通りらしいな」

そう言って、ジークは私の傍に駆け寄った。

「シルフィ、お前の妹はどこだ？」

私は女王の姿を見上げながらジークに答えた。

「彼女が私の妹なの……」

「まさか、ルティウクの女王がか？」

力を使い果たしたのか、女王の体はゆっくりと倒れた。

私の前で九つの尾の姿になった時は、こんなに大きな体じゃなかった。邪龍に対抗するために全ての力を使ったのだろう。

力なく倒れた彼女は人の姿になり、私も変化を解いてその体を抱きしめた。

「エルル！　エルル‼」

何度もそう呼びかけると、エルルの目が薄く開く。

そして私の顔を見ると笑った。

私を国から追い出した時の冷たい瞳じゃない。

幼かった時と同じ瞳で。

「守り神様が最後の願いを聞いてくれたのね」

うわごとのようにそう呟く。

「最後にお姉ちゃんに会いたいって。そう思って頑張ったの。でも、私、お姉ちゃんの代わりに女王になったのに、みんなを守り切れなかった」

「エルル……」

エルルは私を見つめた。

「お姉ちゃんごめんね。あんなに酷いことを言って。だけど、そうしないとお姉ちゃんは私を守るためにずっと傍にいてくれるから。いつも言ってたでしょう。お姉ちゃんの夢は世界中を旅することだって」

エルルの体が冷たく凍り付いて、端から砕け散っていく。

もうとっくに限界が来ていたに違いない。

それでも、こんなになっても必死に戦って。

私は涙が止まらなかった。

「駄目……駄目よエルル、行かないで！」

「私ね、待ってたんだ。いつかきっとお姉ちゃんが帰ってきて、世界中を旅した話を聞かせてくれるって。そんなことを夢見て」

崩れていくエルルの体をかき集めて抱きしめる。

私は馬鹿だ。

この子はずっと変わってなんかいなかったのに。

ずっと小さい頃のエルルのままだったのに。

それなのに私は。

エルルは私の腕の中で澄んだ音を立てて砕けると、雪のように辺りに舞い散った。

その雪の中からエルルの声が聞こえた。

「生きて、お姉ちゃん。風のように自由に。そんなお姉ちゃんが私は大好きだから」

「ああ……あああああああ‼」

私は空を見上げて泣いた。

いつまでも、いつまでも。

「シルフィ！！！」

その声で私は目を覚ました。

フレアがこちらを見上げて叫んでいる。ほむらやレオンも。
そうか、私は朱雀のブレスを受けて……
燃え尽きそうな体が地上へと落ちていく。
私は感謝した。
魂が消え去る前に、エルルとの思い出を鮮明に見ることが出来た。
これも守り神様の力かもしれない。
もう悔いはない。
そう思った時、私は自分の周りに雪が舞っていることに気が付いた。
まるであの時のように。
その雪から声が聞こえてくる。
私は辺りを見渡した。
「エルル……」
それはエルルの声だ。
雪は私の体から現れて次第に密度を増していく。
まるで、私の中に眠っていた何かが目覚めるかのように。
「生きて、お姉ちゃん」
その声は次第に鮮明になっていった。

周囲を舞い散る雪が私の体の炎を消していく。
私はいつしか、昔のように人の体になって地上へと落下していた。
そして、その手を誰かが握っている。
雪の結晶が連なり、それが氷となって人の形を象っていく。
「そんな……」
私は思わず呟いた。
目の前で私の手を握っているのはエルルだ。
まだ私は夢の続きを見ているんだろうか。でもその手から感じる温もりは本物だ。
涙が零れる。
私はエルルの手を強く握り返した。
「ごめんね、馬鹿なお姉ちゃんで。貴方の気持ちを知りもしないで」
ずっとずっと、エルルに謝りたかった。
どうして私はあの時、国を飛び出したりしたんだろう。
なんで本気で喧嘩をしてでもエルルの本音を聞き出さなかったのだろう。
世界を旅することは夢だったかもしれない。
でも一番の願いは、この子と一緒にいつまでも笑顔で暮らすことだったのに。
そんな馬鹿な私の傍に、いつだってこの子はいてくれたんだ。

命を落とした後もずっと。

それにようやく気が付くなんて。

エルルは静かに首を横に振ると言った。

「いいの、お姉ちゃん。でも、お姉ちゃんはまだ死んでは駄目。そうでしょう？」

彼女は微笑みながらレオンやフレアを見つめている。

「私の力をお姉ちゃんに。生きてここから帰るの。お姉ちゃんがいるべき場所に！」

私はエルルと手を取り合ったまま、一匹の狼に姿を変えていった。

銀色に輝く毛並み、そして十本の大きな尾を持つ姿に。

それは、フェンリルクイーンと呼ばれた私たちの守り神と同じ姿だ。

私とエルルは叫んだ。

「ラグナロク‼」

私たちの咆哮がこの世界に響き渡る。

その咆哮はこの世界を崩壊させ、亀裂(きれつ)を入れる。

亀裂の先には巨大な亀の姿が見えた。きっとあれが玄武だ。

「レオン！！！」

私は叫ぶ。

その叫びと同時に、レオンは強烈な闘気を込めて、亀裂の先にいる玄武に向かって突き

進んだ。

「おぉおおおおおおおおおおおお‼」

レオンの剣が玄武の眉間に突き刺さる。

その瞬間、玄武は凄まじい咆哮を上げて姿を消した。

玄武だけじゃない、白虎、青龍、そして朱雀も。

それに続いて、オベルティアスとエルフィウスの姿も消えていく。

「お、おのれ！」

「まさか、この結界を破るとは……」

玄武を倒したレオンの姿も見えなくなる。

きっと元の世界に戻ったのだろう。

私たちは再び人の形に戻ってしっかりと抱きしめ合う。

エルルの温もりを感じて私は涙を流した。

気が付くと、もう腕の中にエルルはいなかった。

でもその温もりを私の中に確かに感じた。

「ありがとう、エルル」

そして、間もなく私もこの世界から消えた。

◇◆◇◆◇

崩壊する世界の中で、ほむらとフレアは呆然と立ち尽くしていた。

「一体どうなってるのかは分からないが、ジークが玄武を仕留めたのは間違いないね。シルフィも無事のようだったし。またきっと向こうで会えるさ」

「ええ、ほむら」

この世界での勝利は、二人にとって別れを意味することは言わなくても分かっている。

そして、ほむらがいなければこの勝利はなかっただろう。

二人とも、もう一度お互いの温もりを確かめ合うようにしっかりと抱き合った。

ほむらは強くフレアを抱きしめると涙を流す。

フレアもぼろぼろと涙を零した。

「フレア、誰よりも愛してるよ。ずっと傍で見守っているからね」

「うん、お母さん。ありがとう、大好きだよ」

フレアを抱きしめていたほむらの姿はもうない。

それでもフレアは自分の姿が消えるまで、いつまでもほむらがいた場所を見つめていた。

3　扉が開く時

一方その頃、地下神殿の中でオリビアは、結界の中にいるレオンを見つめていた。

ゼキレオスはそんな娘を守るように腕に抱き、何か変化が起きる予兆がないか、エルフィウスやオベルティアスの様子を注意深く観察している。

そんな中、オリビアは、レオンの向こう側にある通路の入り口から、何かがこちらを見つめていることに気付いた。

それは一匹の黒猫だ。

結界を挟んでいるため、はっきりとした姿は見えないが確かにそう見えた。

まるで何かを観察するかのように、じっとこちらを見つめている。

「お父様！　あれを見て」

黒猫がいる方を指さした娘にゼキレオスは問いかける。

「どうしたというのだ、リヴィ。何かレオンたちに変化でもあったのか？」

「いいえ、結界の向こうに黒い猫が……」

オリビアはそう答えながら言葉に詰まる。

先程までは確かにいたように見えた黒猫の姿は、もう消えていた。

「黒い猫だと？　何もおらぬぞ」

「え、ええ、お父様。ごめんなさい、きっと私の見間違いだわ」

王女は首を横に振る。目の前で揺らめく結界が見せた錯覚だと思い、自分を納得させる。

そもそも、四英雄の血を色濃く引く者でなければ、ここに来ることなど出来ないはずなのだから。

レオンやエルフィウスの使い魔なら別だろうが、今彼らは結界の中で身じろぎもしていない状況だ。

（どうかしてるわ、こんな時に）

そう思いながら再びレオンの姿を見つめて一心に祈る。

すると、オリビアは結界に大きな揺らぎが起きるのを感じた。

ゼキレオスもそれを見てオリビアの前に立つ。

「リヴィ、そなたは下がっておれ。何が起きるか分からぬからな」

ゼキレオスは剣を構えると結界を見据える。

（一体何が起きるというのだ）

初めに変化があったのは、結界の下方を形作る四つの光の内の一つだ。

玄武を示す黄色い光が消滅すると、それに続いて残りの三つの光も消えていく。

そして、結界の上にいたオベルティアスの姿も消えた。

「どうやら雷神が言っていた四神結界とやらが破られたようだな……だが」

問題は雷神エルフィウスだろう。

そして、レオンや精霊たちはどうなったのか。また無事に動き出すのか。

そう思うとオリビアの心はかき乱される。

「レオン‼」

思わず彼に声をかけるが、まだ動く様子はない。

代わりに動き出したのはエルフィウスだ。

剣を構え、一歩、また一歩とレオンの方へ足を進めている。

結界を張るまでの雷のような速さは影をひそめ、よろめきながら、だが確実にレオンへと向かっていった。

そして、その首を刎ねようと剣を構える。

「ジーク……よくぞ結界を破った。だが、勝つのは俺だ」

レオンに向かって上段に大きく剣を振り上げ、それを振り下ろす。

「レオン‼」

オリビアが叫ぶと同時に、鋭い金属音が神殿の中に響いた。

「なに⁉」

レオンの首を刎ねようとしたエルフィウスの剣を止めたのは、ゼキレオスの大剣だ。騎士王の名に相応しい鋭い踏み込みで一気に距離を詰めると、レオンを守るように彼の前に立っている。

「させぬぞ。レオンは我が友。先程までのそなたであれば、ワシは足手まといにしかならぬが、今ならばワシでもその太刀を見切ることが出来る」

「おのれ……」

エルフィウスの紋章は急速に力を失っていき、その輝きを消す。

ゼキレオスは思った。

(あの結界の中で何があったかは知らぬが、壮絶な戦いがあったに違いない。無敵と呼ばれたこの男の剣が、これほどまでに鈍るとは)

オリビアはエルフィウスが、その場に崩れ落ちるように倒れるのを見た。

そして、その姿は見慣れた男に変わっていく。

黄金騎士団の団長、シリウスの姿に。

「お父様!!」

オリビアは父王の傍に駆け寄り、その前に倒れている男を見つめた。

「シリウス……」

「うむ。どうやらこやつにとっても、全身全霊を使うほどの術だったのだろう。この様子では、もはや暫くは動けまい」

その時、ゼキレオスの背後から声がした。

「よう、ゼキレオス！　すまないな、どうやら最後に世話になっちまったらしい」

そう言って笑っているのはレオンだ。

頭を掻きながらゼキレオスに礼を言う。

ゼキレオスが大剣を構えレオンを守るように立ち塞がり、その前にシリウスが倒れていることで状況を察したのだろう。

その声に、ゼキレオスは呆れたようにレオンを見つめる。

そして笑った。

「ふふ、ふはは！　相変わらずお主は愉快な男だ」

ゼキレオスはしっかりと彼の目を見つめると尋ねた。

「勝ったのだな。雷神に」

「ああ、心強い仲間たちのお蔭でな」

それはフレアとシルフィに向けられた言葉であることはもちろん、ほむらとエルルに向けられたものでもある。

ほむらのお陰で四神の猛攻に耐えられたのは、言うまでもない。それに、あの時シルフィと重なり一つになったのは、紛れもなく、二千年前にルティウクの地で雪のように舞い散っていった少女の姿だったのだから。

そして、シルフィとフレアもゆっくりと動き出した。

二人の目には涙が浮かんでいる。

それでも、その顔は晴れやかだった。

精霊たちは笑みを浮かべる。

命を救ってくれたかけがえのない者の魂が、自分たちの中に確かに宿っていることを感じながら。

「ほむら……」

そう呟くフレアが身に纏う炎は、一段と力を増しているように見えた。

そして、シルフィの尾は美しく九つに分かれている。

結界を崩壊させた守り神の力を失い、尾の数こそ減ったものの、かつてフェンリルクイーンの生まれ変わりと称されたエルルから、その力を受け継いだかのように。

「力を貸してくれてありがとう、エルル」

シルフィは目を閉じて自分の中にいる妹にそう語り掛けた。

そして、二人の切なる願いを叶えてくれたのかもしれない守り神にも。

「ありがとう、守り神様」

もし、あの力がなければ今頃皆、死んでいただろう。

二人の魂が一つになって生み出した奇跡。それは四神結界という魂の世界が生み出した奇跡なのかもしれない。

レオンはそう思いながら二人を見つめていた。

新たなる力を得た精霊たちも、レオンに尋ねる。

「私たち勝ったのね、レオン」

「見て、エルフィウスを。シリウスの姿に戻っているわ」

一方で、この戦いの中で力を増した精霊たちの影響か、レオンも長時間にわたって獅子王の力を使っているが疲労を感じることはない。レオンは頷く。

「ああ、今度こそ決着がついたようだな」

そんなレオンに、オリビアはしっかりと抱きつく。

「レオン！　良かった……本当に良かった」

無防備に大きな胸を押し当てる王女を横目で見ながら、銀狼姿のままのシルフィが溜め息をつく。

「王女様は気楽なものね。こっちは何度も死にかけたんだから」

不満げなシルフィの頭をオリビアは撫でる。

「やったわねシルフィ！　偉いわ！」

「偉いわ、じゃないわよ。私は貴方の飼い犬じゃないのよ。ほんとにもう」

そんな二人を眺めながら、フレアはレオンと顔を見合わせて笑う。

「私たち帰ってきたのね、レオン‼」

「ああ、フレア。ほむらたちのお蔭でな」

「うん‼」

そう言われてフレアは誇らしげに胸を張る。

そんな中、シリウスの黒く染まった右手の紋章から、腕全体を侵食するかのように黒い痣が広がっていく。

シルフィは身構える。

「見て！　レオン」

「こいつは……」

フレアがそれを眺めながら頷く。

「シルフィ……これって、レオンの時と同じだわ。まるで呪いに全身を侵食されていったあの時みたいに」

「ええ、フレア！　レオンが人狼の女王と戦って初めて呪いを打ち破った時も、その反動で全身が黒く染まっていったわ」

精霊たちとレオンは、既に右腕が黒く染まっているシリウスを眺める。

「やはり、エルフィウスは呪いを解いたわけではないようだな。だが、呪いを解かずに何故あれほどの力が……それに、この黒い紋章が奴にさらなる力を与えているようにさえ見えた」

シルフィが首を横に振る。

「分からないわ。でも、今のエルフィウスは力を使い果たして、呪いの侵食を防ぐことすら出来なくなってる。レオン、どうするの？　このまま放っておけば死ぬわよ」

レオンは静かにシリウスの顔を見つめている。

そして、精霊たちに言った。

「シルフィ、フレア、力を貸してくれ。俺の時のように呪いの侵食を止める」

それを聞いてシルフィが低く唸りながら答える。

「私は反対よ。もしそれでエルフィウスが力を取り戻したら？　また戦いになるわ」

フレアも首を横に振った。

「危険すぎるわ。それにエルフィウスが望まなければそんなこと出来ないもの。彼自身が自らの魔力の全てをこちらに預けてくれなくては、浄化のしようがないわ」

「ええ、私が魔力を預かり、フレアが浄化してまたエルフィウスに戻す。あの時は相手が貴方だから出来たのよ、レオン」

レオンはシリウスを眺めながら二人に答えた。

「やってみる価値はある。エルフィウスはこの神殿の謎を何か知っているはずだ。それに、最初に俺と剣を交えた時、奴は俺にとどめを刺すことを躊躇った。何かがおかしい。ここでエルフィウスが死ねば、その理由も知ることが出来ない」

フレアとシルフィは考え込むと、レオンに答えた。

「分かったわレオン。貴方が彼を信じたい気持ちは分かる。私だって、かつては一緒に戦った仲間だもの」

「その代わり、駄目だと分かった時は……」

シルフィの言葉にレオンは頷く。

「ああ、俺がとどめを刺す。それが、かつての友としての役割だ」

精霊たちの同意を得て、レオンはシリウスを抱き上げると言った。

「エルフィウス、俺の声が聞こえるか?」

肩を強く揺さぶると、微かだがシリウスの目が開いた。

その間にも呪いは体を侵食し、今では右上半身が黒く染まっている。

「殺せ……ジーク。俺はお前たちを殺そうとしたのだぞ。情けは無用だ」

「情けではない。お前には話してもらわねばならぬことがある。ただそれだけだ」

シリウスは静かに目を瞑る。

レオンの目が、言葉とは裏腹に、自分を助けたいと語っていた。

その思いがシリウスを動かす。

「甘い男だ。二千年前も、そして今でも。だが、お前は最高の友だった」

その言葉にレオンは頷いた。

「ああ、エルフィウス」

「なあ、ジーク。またあの時のように、皆で揃って酒を飲みたいものだな。アクアリーテも一緒に……多くの仲間が死に、辛く厳しい戦いの中でも……本当に楽しかった」

遥か昔に思いを馳せてシリウスの頬に涙が流れる。

そして、レオンの手をしっかりと握った。

「約束してくれ。また俺が俺でいられなくなったら、必ずお前が俺を殺してくれ。ジーク！」

「ああ、分かった。友として誓おう」

そんな二人を見て、精霊たちも意を決したように言った。

「エルフィウス、貴方のその言葉を信じるわ」

シルフィも二千年前、共に戦い、時には酒場で楽しく過ごした時間を思い出す。

「もう時間がないわ。私たちを信じて、貴方の魔力の全てを託して頂戴」

体の半分が黒く染まっているシリウスは、精霊たちの言葉に応え、自らの魔力を解放する。

黒く濁った魔力を、シルフィの作った魔法陣が巻き起こす風が運び、フレアが浄化の魔法陣を描く。

「いくわよ！　ほむら紅ノ陣‼」

フレアとその後ろに立つ炎の人影が、強烈な炎で、黒く淀んだシリウスの魔力を浄化していく。

そして、浄化された魔力はシルフィが作り出した風に乗って、再びシリウスの中へと戻っていった。

ゼキレオスが声を上げる。

「見よ！　シリウスの体が」

「ええ、お父様」

黒く染まっていたシリウスの体が、元の色へと戻っていく。

そして、漆黒に染まっていた紋章も、元の黄金の紋章に戻っていった。

次第に穏やかになっていくシリウスの顔に、精霊たちも安堵の表情を浮かべた。

「成功ね、フレア」

「ええ、シルフィ。これでもう呪いに侵食されることはないはずよ」

その時——

ビクンとシリウスの体が反り返る。

「ぐぅ！　うぁああ‼」

そして、まるでマリオネットのように、不自然な姿勢で立ち上がる。

その額には見たこともない印が浮かび上がっていた。

フレアが叫ぶ。

「レオン！　見て、あれを‼」

「ああ‼」

レオンは剣を構えると、シリウスに対峙する。

「これは……まさか」

それは、仲間のロザミアが高位魔族のヴァンパイア、バルウィルド男爵の眷属になっていた時に現れた印に似ている。

だが、これはヴァンパイアの眷属の証ではない。

数え切れないほどの魔と戦ってきた彼らでさえも、見たことがない印だった。

「ええ、レオン。エルフィウスは何者かの眷属にされている。信じられないわ、四英雄の一人の彼を下僕にするだなんて」

確かにあり得ない話だ。だが、その額に記された印からは紛れもなく闇の力を感じた。

エルフィウスほどの相手を一体誰が、とシルフィは思う。

雷神の右手の紋章が強い輝きを宿していく。

それは黄金の雷を発し、バチバチと音を立てている。

そして、エルフィウスは、シリウスの姿から再び本来の自分の姿に戻っていった。雷神エルフィウスの姿に。

その光景を見て、フレアとシルフィは身構えた。

「「レオン‼」」

精霊たちが叫ぶ。

レオンは剣を構えた。

「エルフィウス！」

エルフィウスは雷化し、大きく剣を振り上げる。

剣を握るレオンの紋章が紅蓮に輝き、覚悟を決めたその瞳は、エルフィウスを見つめていた。

（やはり、俺の手で命を断つしかない！）

だが、レオンが剣を振り抜こうとしたその瞬間——

エルフィウスは剣を自らの体に突き立てた。

「なに！！？」

思わずレオンは声を上げた。

今までになく強烈にエルフィウスの紋章が輝いている。

そして、自らの中に巣食う何者かに向けて叫んだ。

「もう貴様の言いなりにはならん！　うぉおおおおお！　俺は四英雄の一人、雷神エルフィウスだ‼」

爆発するような闘気が彼の中から湧き上がっていく。

そして、皆から一気に距離を取り、聖堂の中央へと移動する。

「雷化天翔！　魔気滅殺(まきめっさつ)‼」

天井に巨大な魔法陣が描かれると、そこから無数の雷がエルフィウスに向かって落ちる。

「きゃぁあああああ‼」

「ぐぬううう！　リヴィ‼」

凄まじい閃光(せんこう)が辺りを包み、オリビアとゼキレオスの声が響いた。

シルフィは九尾(きゅうび)を広げて二人を守るように前に立っている。

フレアは薙刀を構えてレオンの隣にいた。

「レオン……これは一体」

無数の雷が落ちた場所には、エルフィウスが立っていた。

胸に突き立てていた剣は、その右手に握られている。

雷化は解け、よろよろと数歩足を進めた後、その場に膝をついた。

先程まで額にあった印は消えている。

エルフィウスが自らの中に巣食う闇に、魔を滅する技を放ったのだということに、レオンは気が付いた。

「無茶なことをする奴だ。いくら雷化しているからといって、下手をしたら死んでいたぞ」

レオンの言葉にエルフィウスは静かに微笑んだ。

「お前ほどではない。ジーク、感謝する。お蔭で奴の力を借りずとも元の姿に戻ることが出来た。そして二千年前の思い出が俺に力を与えてくれた。それが自らの死をも覚悟させ、奴の忌まわしい印を消し去る力となったのだからな」

確かに、何者かに操られてレオンと戦っていた時の黒い紋章とは違い、今の彼の紋章は黄金に輝いている。

それは呪いを打ち破り、自らの力でかつての姿を取り戻した証だろう。

「エルフィウス、奴とは誰だ？　お前を支配していた者とは一体」

ゼキレオスも正気を取り戻した彼に、思わず詰め寄る。

「シリウスよ。この神殿に何があるのだ。我らに教えてくれ。この神殿とアルファリシアに一体どんな関係があるのか、王として知らねばならぬ」

ゼキレオスは、国王として神殿に選ばれた時からずっと抱いてきた疑問をぶつける。

レオンも彼に問いただした。

「エルフィウス。お前が知っていることを全て俺たちに話してくれ」

それを聞いてエルフィウスは頷いた。

「ああ、ジーク、ゼキレオス王。お前たちに全て話そう。俺を支配していた者とこの神殿に隠された秘密をな」

その時、聖堂の入り口の扉が閉まりかけていることにシルフィが気付く。

「レオン！　あれを見て！」

「なに⁉」

エルフィウスはそれを見て叫んだ。

「いかん！　ジーク、皆を連れて外に出ろ‼」

だが、その直後、分厚い巨石で出来た落とし扉が、低い音を立てて聖堂の入り口を塞ぎ、彼らをこの聖堂の中に閉じ込める。

ゼキレオスが思わず呻く。

「ぐぬ……どうやら閉じ込められたようだな。しかし、一体どうしてだ。まるでこの神殿自体に意志があるかのようにさえ感じる」

それはゼキレオスが、レオンとエルフィウスの戦いの最中から感じていたことだ。

神殿が意志を持っているがごとく、エルフィスに力を与えていたことを思い出す。

「ええ、お父様」

オリビアも青ざめながら父の言葉に頷いた。

レオンは精霊たちに皆を守らせた上で、塞がれた入り口の前に行くと、そこを丹念に調べながら低い声で言う。

「確かに、この神殿自体が不可思議な力に包まれている。これもただの岩ではない。見ろ、今まで俺たちが破壊した壁や床も修復されている」

「これは……」

「一体いつの間に」

精霊たちも主に同意して周囲を見渡す。

レオンとエルフィウスの激しい戦いで、一部崩れ、破壊されたはずの壁や床も、先程入り口の扉が閉まると同時に修復されていた。

フレアがレオンに尋ねた。

「レオン、ポータルは使えない？　今は森と貴方の部屋を繋いでいるはずよ。入り口を変更してこの聖堂と部屋を繋げば……」

そう口にしたフレアに、レオンは首を横に振った。

「無理だ。ここに来る時に念のためにそれは試した。だが、この神殿の中にポータルの出入り口を作ることは出来なかったからな。出入りが出来るとしたら、あの魔法陣を使うしかないのだろう」

執務室から繋がる秘密の通路。その先にあった祭壇に描かれた魔法陣のことだ。

シルフィは聖堂の奥に目をやった。

そこには奥へと続く巨大な扉が威容を誇っている。

「まるで私たちに奥へと進めと言っているようね」

「ああ、シルフィ」

レオンは頷いた。

エルフィウスは易々と閉じ込められたことに唇を噛みしめながら、レオンに告げる。

「俺が奴の支配を解いた。それ故に、今度はあの男自らが、お前を中に招いたとしか考えられん」

「一体どういうことだ？　エルフィウス。あの男とは誰のことだ」

雷神と呼ばれた男は、神殿の奥へと続く扉を眺めながら答えた。

「棺に眠る男。俺もそれだけしか分からん。その正体が何者なのか……だが、この神殿を支配しているのはその男だ。俺を操っていたのもな」

「棺に眠る男……だと？」

レオンの問いにエルフィウスは語り始める。

「ああ、ジーク。俺は戦場でゼキレオス王に出会い、その人柄に惚れてこのアルファリシアに来た。そして、王太子のクラウスにも仕える中で聞いたのだ。このアルファリシアの地下には四英雄を祀る神殿があることを」

それを聞いてオリビアが声を上げる。

「お兄様から、この神殿のことを」

レオンは首を縦に振った。

「あり得る話だな。俺もオリビアからこの神殿の話を聞かされた」

「ええ、レオン」

オリビアは、彼女の部屋でレオンに地下神殿のことを伝えた時のことを思い出す。

そしてその時、彼が無礼なレオナールから彼女を抱くように守ってくれたことまで思い出して、少し頬を染めた。

「俺はこの国の将軍となり、ゼキレオス王の信を得て、その執務室に入ることも許されるようになった。そしてあの通路の先を調べたのだ。クラウスから地下神殿への通路のことも聞いていたからな。祭壇を丹念に調べていくうちに、あの魔法陣を発動させる方法も知った」

「お前の血を使ったということか?」

「ああ、そうだ。国王の血に代わってな」

祭壇に仕掛けられた、この神殿に入るための魔法陣は、入ろうとする者の血をもって選別する。四英雄の血を濃く継いだ者だけが、発動させることが出来るのだ。四英雄本人であるエルフィウスの血であるならば、それも可能だろう。

「雷神よ。それで、そなたはここで一体何を知ったのだ。この扉の奥へは行ったのか？」

国王の問いにエルフィウスは答える。

「ああ、ゼキレオス王。俺はこの扉の先に進んだ。この神殿が一体何なのか、そして俺たち四英雄とこの国との繋がりが何なのかを知るためにな」

「そこには何があったの？　シリウス、教えて頂戴」

オリビアも身を乗り出す。

「俺が見たのは広大な空間と何らかの実験施設、そして、その先の丘の上にあった棺に眠る男の姿だ」

「何かの実験施設と棺に眠る男だと？」

レオンの言葉にエルフィウスは頷いた。

「そうだ。そして俺は男の傍に行き、棺の中に横たわる姿を見た。その時、何者かが俺の心の中に忍び込み、支配した。深い闇を感じると共に、かつて俺にかけられた呪いが強さを増し、その男の意志が俺の紋章を黒く染めていくのを、ただ黙って見ているしかなかったのだ」

精霊たちが顔を見合わせる。

「四英雄である貴方を支配するだなんて……あり得ないわ。一体誰が」

「エルフィウス！　その男の顔は見たの？」

エルフィウスは首を横に振った。

「顔は黒い仮面で隠されていた。長く黒い髪の男だ。それ以上のことは俺にも分からん」

「黒い髪の男？」

レオンはそう呟く。

そして思った。

（レディンではないのか？　エルフィウスにそんな真似が出来るとしたら、奴しかいないと思ったのだが）

そんなレオンの考えを察したようにシルフィが言った。

「レディンではないみたいね。奴は光の紋章を持ち、その象徴(しょうちょう)ともいえる、白く輝くような髪をしていたわ。それにエルフィウスを支配していた力は紛れもない闇よ」

「ああ、シルフィ。どうやらそうらしい。だが、だとすれば一体何者だ？」

レオンはそう口にしながら聖堂の奥へと続く扉を見つめた。

「どうやら、これ以上は奥に進んでみなければ分からないようだな。もし、入り口を塞いだのがその男の意志ならば、いずれにしてもその招待を受けねばここから出ることは叶うまい」

精霊たちもそんな主の言葉に同意する。

「何者かは知らないけど、この神殿の壁画を見る限り、四英雄に関係していることは間違いないわ。調べてみる価値はある。それにここから出るにしてもその方法を探らなくては」

「ええ、行くしかなさそうね」

「ジーク、俺も行こう。あの時はまだ俺自身が呪いを解くことも出来ず、シリウスの姿のままで奥に進んだ。だが、今ならば、易々と奴に入り込まれ、その軍門に降ることはないはずだ」

「無茶をするな、エルフィウス。お前はかなり力を消耗しているはずだ。相手は何者かも分からん、無理をすれば命に関わるぞ」

レオンの言葉にエルフィウスは首を横に振った。

「だからこそだ。友であるお前に剣を向けた罪は俺自身で贖わねばならん。共に行かせてくれ」

固い決意を秘めたその瞳にレオンは肩をすくめた。

「来るなと言っても聞かないようだな」

「ああ、お前には大きな借りが出来た。それに一度中に入った俺が同行すれば何かの役に立つはずだ」

「確かにな……分かった。行くぞ、エルフィウス。シルフィとフレアは、ここでゼキレオスとオリビアを守ってくれ。これから何があるか分からんからな」

だが、オリビアが大きく首を横に振った。

「レオン！　私もついていくわ。どうせ危険があるのなら貴方の傍にいたい。それに精霊たちは貴方の力になるはずよ？　ここに置いていくなんて危険すぎるわ」

シルフィとフレアも同意する。

「私もここで待ってるなんて出来ないわ。あの扉の先でどんなことが起きるか分からない！　貴方の傍を離れるなんて御免よ、レオン‼」

「私だってそうだわ‼」

オリビアはレオンを見つめた。

「私が足手まといだっていうことは分かってる。でも、私を守るために貴方が死んだりしたら……もし、置いていくというのなら、私だけを置いていって！　お父様だって戦える。でも私は何も出来ないから」

「リヴィ……」

ゼキレオスは、切なる思いを込めてレオンにそう願い出る娘を見つめた。

自分のことよりもレオンのことを心配している彼女の気持ちは本物だ。

その瞳がそう語っている。

父王は心を決めてレオンに告げる。

「レオンよ。ここにいても奥に進んでも、もはや危険であることに変わりはない。いざという時はワシが娘の盾となろう。共に行かせてくれ。ワシもこの国王として、アルファリシアの成り立ちに関わるであろうこの神殿の謎を知らねばならぬ」

シルフィが九つの尾を揺らしながら言った。

「結局、オリビアを守るなら貴方の傍が一番安全よ。私たちだってここで待ってるのなんて嫌だわ。絶対に貴方についていくんだから！　そうでしょう？　フレア」

「ええ、もちろん。置いていかれるなんて冗談じゃないわ！」

レオンはふぅと溜め息をつく。

「ったく、一連托生ってわけか。確かにな、今となってはどこにいても危険であることに変わりはないか。それにオリビアの護衛騎士としての報酬は貰っている。前払いでな」

涙ぐんでいたオリビアは、そんなレオンの軽口に笑う。

「そうよ、レオン。貴方は私の護衛騎士なんだから」

「だな」

そして彼は皆に言う。

「分かった、全員であの扉の奥に進むぞ。シルフィ、フレア。オリビアやゼキレオスのガードを頼む」

「ええ！　分かったわレオン」

「任せておいて！」

今度は快く承諾する精霊たち。二人とも戦いに備え、真の姿のまま扉の奥へ向かうことにした。

エルフィウスも、オベルティアスを召喚した。

「レオン、棺に近づく時には特に注意をしろ。あの男は危険だ。あれほどの闇を俺は感じたことがない」

「ああ、エルフィウス。何者かは知らんが、俺たちが滅するべき相手のようだな」

姿を現した神獣に身構える精霊たち。

そんな彼女たちにオベルティアスは首を垂れる。

「もう、そなたたちと戦う意思はない。我も主も、この扉の奥にいる男に支配されていたのだからな。神獣である我にとっては死よりも遥かに屈辱的なことだ。偉大なる神獣の一角である玄武の魂を失ったのは我の弱さゆえ。そなたたちと同行し、あの棺に眠る男にその借りを返すまでは、死んでも死に切れぬ」

「分かったわ」

「今は味方は一人でも多い方がいいもの」

「うむ、神獣である我に任せておけ」

フレアとシルフィは、我先に奥へと繋がる扉に進むオベルティアスに呆れ顔になる。

レオンはそれを眺めながら苦笑すると、扉の前に歩を進める。

そして、右手を扉にかざした。

（ゼキレオスはこうすれば扉が開くと言っていたが）

右手の紋章が強烈な輝きを見せる。

それに反応するかのように重い扉が音を立てた。

精霊たちが声を上げる。

「『扉が開くわ、レオン』」

「ああ、行くぞ。この扉の奥へ！」

レオンの言葉と同時に、固く閉ざされていた地下神殿の大扉が開いた。

◇◆◇◆◇

レオンたちが大扉の奥へと姿を消すと、どこから現れたのか黒猫が一匹、聖堂に姿を見せる。

黒い宝玉のような瞳が妖しげな光を帯びている。

そして、その頃、鷲獅子騎士団のレオナールは、主である教皇ジュリアンのもとに向かっていた。

「いけません、レオナール将軍。今ジュリアン様は明日の慰霊祭に向けて神に祈りを……」

数名のシスターがレオナールを止めたが、不遜な顔でそれを退ける。

「シスターの分際で、三大将軍の一人であるこの俺に意見をするのか？　下がっておれ！」

「ひっ！」

「は、はい……」

シスターたちは、怯えた様子でその場から立ち去る。

国教会の大聖堂の扉を、レオナールは静かに開いた。

そこにはいつものようにジュリアンが佇んでいる。国中から集まった人々と共に戦死者の魂を弔う、国内最大の慰霊祭に備えて、彼は祈りを捧げていた——少なくとも、表向きは。

「何事ですか？　レオナール。騒がしいですよ」

長い黒髪を靡かせたその姿と美貌は、仕えているレオナールでさえ、いつ見ても女性だと見間違えるほどだ。

「は！　も、申し訳ございませんジュリアン様」

先程とは打って変わって神妙な顔をすると、レオナールは主の傍に来て恭しく膝をつき、礼をする。そして報告した。

「ジュリアン様、シリウスが動いたようです。どうやら国王やレオンたちを追って例の場所に向かった様子。如何いたしましょうか？」

聖人のように穏やかに微笑みながらジュリアンは答える。

「ええ、知っています。見ていましたから」

その言葉通り、手にした金の錫杖の先についている宝玉には、聖堂の様子が映っている。

「四英雄同士の戦い。レオナール、貴方にも見せたかったですよ」

「まさか！　シリウスとあの小僧が戦ったのですか？　それで奴らは……」

身を乗り出すレオナールにジュリアンは笑みを浮かべた。

「貴方にとっては残念でしょうが、二人ともまだ生きています。勝ったのは獅子王ジーク、やはり彼は特別な存在です」

主の言葉に、レオナールは忌々しげに拳を握った。

（おのれ……シリウスとあの小僧には舞踏会で恥辱を受けた。奴らが戦い、どちらかが死ねばと思ったが、しぶとい連中だ。このままでは済まさんぞ）

そんなレオナールの表情を眺めながら、ジュリアンは口を開く。

「安心なさい、貴方の力を使うのはこれからです。彼らは約束の地に足を踏み入れた。これで準備は整いました。レオナール、そろそろ私たちも行くとしましょう」

レオナールは主を見つめると邪悪な笑みを浮かべる。

「はい、ジュリアン様。仰せのままに」

そして二人は聖堂の入り口へと歩き始めた。

4　棺に眠る男

「これは……」

俺、レオンは思わず呻いた。

エルフィウスが正気を取り戻し、扉の奥に進むことを決めた俺たち。

巨大な扉が開いてすぐに目に入ってきたのは、信じられないものだった。

「いやっ！」

オリビアは目の前に広がる光景に思わず目を伏せる。

そして、フレアとシルフィも嫌悪感を露わにして身構えた。

「これは一体何なの？」

「見て！　レオン」

シルフィの言葉に俺は頷く。

「ああ、とても神殿の奥だとは思えないな。これがエルフィウスの言っていた実験施設ってやつか」

「そうだ、ジーク。俺も初めは目を疑った。あれほど見事な神殿の聖堂の奥に、このようなおぞましいものが隠されているとは」

聖堂の奥へと続く大きな扉を開けて、俺たちがまず目にしたものは、巨大な長い通路だ。

それもただの通路ではない。

様々な魔法言語が壁に描かれ、いくつもの金属の管が床や壁を這っている。

そして、通路の左右には、ガラス製の巨大な筒が幾つも並んでいた。

その筒の中は薄緑の液体で満たされ、そこには自然の摂理に逆らって生まれてきたような生物が入れられている。

巨大な魔獣の体にねじ曲がった巨人の上半身が接合され、叫びを上げているような姿をしたものもいれば、何本も腕が生えた黒い翼を持つ魔族もいる。

中には肉体の一部だけが筒の中にあり、不気味に蠢いているものも見える。

「レオン……」

オリビアは俺に身を寄せる。

ゼキレオスも呆然と、目の前に広がる光景を眺めていた。

「一体ここは何なのだ？　我がアルファリシアの地下にこのようなものがあろうとは」

四英雄を祀る神殿ならば、国王としても受け入れることが出来るだろう。

だが、その奥に隠されていたこのおぞましい施設は、許容しがたいに違いない。

オベルティアスも吐き捨てるように言う。

「我も、主と共に初めてここを訪れた時は吐き気がした。とても人がすることだとは思えぬ」

俺は人工的に接合された生物たちを眺めながら呟く。

「人工合成生物……キメラか。闇の術を極めた者たちの中には、強靭な生物を作り出すために、悪魔の所業に手を染めた者たちもいると聞くが」

キメラたちは筒の中で既に息絶えている。

腐敗していないのは、筒の中に満ちている液体によるものだろうか。

異様な光景としか言いようがない。

どれほど昔に作られたものなのかは想像もつかないが、神殿に俺たちの姿が描かれていたことを考えると、二千年前には既にあったと考えるべきだろう。

俺はエルフィウスに尋ねる。

「エルフィウス。この施設について何か知っていることはあるか？　一体、何者が作ったんだ」

「俺にも分からん。俺はこの施設を見て怒りを覚え、さらに奥へと進んだ。そして、棺に眠る男に接触し、支配を受けたのだ」

確かに、エルフィウスならそうするだろう。

この光景に怒り、つい不用意に先に進んだのも理解出来る。

俺たちの傍にある筒には、巨大な蛇の下半身と接合されて、血の涙を流しながら息絶えている翼人族の女性の姿がある。

白い翼を持つ白翼人だ。

そして、隣には魔族と結合され、自ら舌を噛んでいるエルフの姿があった。

「酷い……」

オリビアが怯えたように呟く。

キメラにされたその表情からは、彼女たちの嘆きの声が聞こえてくるようだ。

もしも、ティアナやロザミアがこんな真似をされたら、俺はそんな悪魔を絶対に許してはおかない。

「棺に眠る男とやらの仕業だとしたら、俺たちが倒すべき魔のようだな」

「ああ、ジーク。奴は危険だ。奴に支配された時に、背筋が凍るような気配を自らの中に感じた」

エルフィウスは俺にそう答える。

そんな中、ふと気が付くと、フレアが青ざめた顔で一点を見つめていた。

「どうした？　フレア」

「レオン……あれを見て」

俺はフレアの視線の先を見た。

そこは巨大な筒の上部で、様々な管が接合している金属部分だ。

その金属部分には、どこかで見たことがあるマークが刻まれていた。

「あれは……」

シルフィもそれに気が付いて声を上げる。

「レオン‼」

「ああ、あのマークは確かに見覚えがある。二千年前、遥か遠く、ヤマトの地でな」

フレアは青ざめながら拳を握り締めると、こちらを見つめる。

「忘れるわけがない！　あの時のこと、ほむらの大事な村を襲った悪魔たち！　奴らの服に描かれていた印だわ‼」

それを聞いてエルフィウスが俺たちに尋ねる。

「一体どういうことだ？　ジーク、それに精霊たちよ。お前たちはあの印を知っているのか？」

俺はその問いに答えた。

「二千年前、俺たちはある組織を追っていた。俺はその連中が、東の地で土地神と呼ばれる者たちを次々と狩っているという話を聞き、シルフィとその噂の真相を確かめにヤマトに向かった」

シルフィが低く唸るように続ける。

「私たちはそこでフレアに出会ったの。教団と名乗る者たちが麓の村を襲っていた。そして、その集団を束ねていた者は……」

言葉に詰まるシルフィに代わって、フレアが叫ぶ。

「月光のゾルデ！　あいつは元倒魔人の一人だと名乗っていたわ。罪もない多くの村の人たちを殺して……今でも、一日だってあの日のことを忘れたことはない‼」

俺は涙を零すフレアの頭にそっと手を置く。

フレアは俺にギュッとしがみついた。

「私、あいつらのことを許せない。どんなことがあっても絶対に！」

「ああ、フレア」

村人を奴らから救うために必死に戦ったフレア。そしてそんな娘の命を救うために、ほむらは自らの魂を捧げた。

フレアにとって決して許せない相手だろう。

もちろん、俺やシルフィにとってもな。

シルフィが鋭い眼差しで口を開く。

「レオン、もしかしてここは」

「ああ、シルフィ。奴らが言っていた教団とやらのアジトだろう。しかもこの規模を考えれば、恐らくは総本部と言えるような場所に違いない」

「ええ、間違いないわ。だとしたら、エルフィウスが言っていた、棺に眠る男というのはもしかして……」

シルフィの問いに、俺は二千年前のことを思い出す。

あの時のゾルデの断末魔の叫びが脳裏に蘇る。

『おのれ！　愚か者が、これで勝ったと思うなよ。我が主は神とも呼べる偉大なお方。あのお方の真の目的をお前は知るまい』

奴は確かにそう言った。

「ゾルデが言っていた我が主、つまり教団を治めていた者か？」

俺たちのように転生したわけではなく、二千年の長きにわたって生き延びている者がいるとはにわかには信じられない。だが、わざわざこんな場所に棺を作り、その中で眠っているとなると、その男が教団にとって重要な人物であることは確かだろう。

あの後、結局俺たちは教団のアジトを突き止めることが出来なかった。そして、ゾルデが言っていた主の正体も。

まさか、二千年経った今、その場所に辿り着くとは思いもしなかったが。

奴らが行っていた神狩りも、このようなおぞましい実験の一部だったのかもしれない。

フレアの目が怒りに燃える。

「レオン！　行きましょう‼　そうだとしたら、その男を倒さないと。そいつのせいで多くの命が奪われたんだから！」

先を急ぐように前に進むフレアの後に、シルフィが続く。

俺たちは精霊たちを追うようにして通路を抜けた。

「これは……」

そこに広がっている光景に、俺たちは再び目を見開いた。

通路の中で見た忌まわしい光景とは裏腹に、天井を覆う魔法石の光が照らし出しているのは美しい庭園だった。

先程の光景が闇だとすれば、ここはまるで光を象徴するかのように美しい。

その場所は広大で、先程の聖堂よりも遥かに広い。

とても地下にあるとは思えないほどだ。まるで地上にいるかのような錯覚さえ覚える。

そして、庭園の入り口を守るように立っている巨大な柱の中には、二体の生物が封じられている。

その生き物に俺たちの視線は向けられた。

シルフィはその内の一体を見上げると牙を剥いた。

「こ、これは……」

「ああ、シルフィ」

それは巨大な龍だった。

俺とシルフィにとっては忘れられない存在だ。

「邪龍バディリウス！　どうしてこんなところに⁉」

今では考えられないほどの強力な魔物が跋扈していた二千年前、そんな中でも恐れられていた伝説級の魔物だ。

シルフィの故郷のルティウクで、女王であるエルルと戦って互いに命を落としたはずの邪龍の姿が、巨大な柱に封じ込められている。

「生きてるわ。感じるの、邪龍の鼓動を」

シルフィは九つの尾を立てて柱を睨みつける。

俺たちには分からないが、シルフィの中にいるエルルが何かを感じたのかもしれない。

「生きているだと？　奴はあの時死んだはずだ、それがどうして」

「分からない。でも、そう感じるの」

そして、もう一本の柱には、銀色の翼を持つ美しいドラゴンが封じられていた。

「ディバインドラゴン、神龍ルクディィナ。かつて邪龍バディリウスと並び称されるほどの力を持っていたドラゴンよ」

どちらも途轍もない大きさをしている。

先程の聖堂よりも遥かに高い、この庭園の天井にさえ頭が届きそうなサイズだ。

オリビアとゼキレオスが呻く。

「おお……なんという」

「信じられないわ。昔はこんな魔物たちがいたなんて」

今を生きる人間からしたら信じられないだろう。

飛竜とは比較にならない大きさだ。

俺は二体のドラゴンを見上げながら呟いた。

「奴らの神狩りの産物か。何故、あの時死んだはずのバディリウスがここにいるのかは知らないが、もし連中がルティウクの一件にも関わってるとしたら……」

ルティウクの女王となったエルルの尾の数は、守り神と称されたフェンリルクイーンに次ぐ九つだ。

もしも、教団の連中がその力を欲したとしたら。

そして、邪龍をあの場所に差し向けた者が影にいるとしたら。

奴らがあの事件に関わっていたとしても不思議ではない。

予期しない俺たちの出現で、エルルの力を手にすることは出来なかったのかもしれないが、神狩りをしていた者ならば、ルティウクの女王はその薄汚い食指を動かしたくなる存在のはずだ。

俺の言葉に、シルフィは怒りを露わにして吠えた。

「まさか、あれも教団の仕業だって言うの？　どれだけの数の精霊たちが死んだと思っているの……エルルは彼らを守ろうとして命を懸けて」

涙で言葉に詰まるシルフィの体を、フレアがそっと抱く。

柱に封じられたドラゴンたちは、傍目には生きているのかどうかも分からない。

まるで棺の主が、自らの力を誇るかのように、その姿を並べているようにさえ思えた。

シルフィは二本の柱の先にある丘の上を睨みながら唸った。

「行きましょうレオン！　私は真実を知りたい。そして、もし私たちの国を滅ぼした真犯人がいるのなら許してはおかない‼」

彼女の中にいる妹も怒りを覚えているのか、九つの尾からは凄まじい力が放たれている。

フレアの手にも既に薙刀が握られていた。

「神狩りを命じたのがその男なら、私は絶対に許さない‼」

「ああ、シルフィ、フレア。行くぞ」

「「ええ！！！」」

強い決意を瞳に宿した精霊たちと俺は、一緒に丘を上がっていく。

後から続いてきたエルフィウスが、俺に並ぶと声をかけてくる。

「あそこだ、レオン。丘の上に祭壇が見えるだろう。その中央にあの男の棺がある」

「ゼキレオス、オリビア、二人とも俺たちから離れるなよ」

二人はその言葉に強く頷く。

「うむ、分かっておる」

「ええ、レオン」

危険を覚悟の上でついてきた二人だが、緊張で顔が強張っている。今まで見てきた光景を考えると当然だろう。

棺に近づくにつれて、俺はエルフィウスの言っていたことが理解出来た。

底冷えするような闇の気配が、こちらの心に侵入しようと試みているのが分かる。

祭壇に足を踏み入れた瞬間からそれは始まった。

「どうやら、ここからが奴の支配領域のようだな。オリビア、ゼキレオス、お前たちは祭壇には足を踏み入れるな。フレア、シルフィ、悪いがここで二人を守っていてくれ」

フレアたちは口惜しそうだったが、顔を見合わせて頷く。

「分かったわ、レオン」

「ええ……でも、気を付けて。正体が分からない相手よ」

同様にエルフィウスもオベルティアスにそう命じた。

「エルフィウス。行くぞ」

「分かった。ジーク」

エルフィウスの表情も厳しくなっていく。

だが、今は奴の支配への試みを撥ね返すことが出来ている。

雷神の誇りでもある黄金に輝く紋章が、それを示していた。

俺の紋章も紅蓮に輝き、何が起きても対応が出来るように魔力と闘気を高めている。

祭壇の上には黒い棺が置かれている。

そして、エルフィウスが言っていたように、その中には黒い仮面をつけた一人の男が横たわっていた。

「この男か」

「ああ、ジーク」

静かな眠りについているように見えるが、こちらの心の内に入り込もうとする闇の力は依然として感じる。

「魔術による防衛システムだな」

「恐らくな」

自らが眠りに落ちている間、この祭壇に近づいた者を支配する。祭壇自体にその術式が組み込まれているのだろう。

俺たちが足を踏み入れた瞬間から、この祭壇を形成する床が不気味な光を帯びている。

範囲は祭壇の上に限られているが、その力は強大だ。

シリウスの状態とはいえ、エルフィウスでさえその支配下に置いたことからもそれが分かる。

「大丈夫か？　エルフィウス」

「ああ、この姿ならな。お前と精霊たちのお蔭だ」

俺たちは再び男の様子を観察する。

これだけ近づいても起きる気配はない。

エルフィウスは剣を抜いた。

そして、一気に雷化すると俺に言った。

「ジーク、俺はこの男を始末する。お前にも分かるだろう。この男が目を覚ませば何が起きるか分からん」

「確かにな……この男は危険だ」

数え切れないほどの魔を倒してきた、俺たちの本能がそれを告げている。

この男が誰なのか、いつからこの場所で眠りについているのかは不明だ。

だが、もしもこの男が目を覚ませば、非常に危険な相手になる。

エルフィウスが言うように倒すなら今だ。

俺の答えを待たず、エルフィウスが剣を頭上に振りかざした。

その時――

何かがこちらに凄まじい速さで飛翔（ひしょう）してくると、エルフィウスの剣に激突し、弾き飛ばす。

「なに!?」

俺は既に剣を構え、何かが飛翔してきた方を向いていた。

「何者だ‼」

気配をまるで感じなかった。

棺に眠る男に意識を集中していたこともあるが、だからといって、雷化したエルフィウスの剣を弾き飛ばすなど、常人に出来ることではない。

エルフィウスの剣を弾き、祭壇の近くの地面に突き刺さっているのは、黄金の錫杖だった。

そして、それが飛翔してきた方向から歩いてくるのは、穏やかな顔をした人物だった。

「いけません、シリウス。いいえ、その姿。今は雷神エルフィウスと呼ぶべきでしょうね」

まるで女性と見まごうばかりの美貌を持つ黒髪の男が、丘の下からこちらに向かって歩いてくる。

その隣には、彼を護衛するように剣を抜くレオナールの姿があった。

俺たちが名を呼ぶ前に、ゼキレオスとオリビアが声を上げた。

「ジュリアン！！？」

「どうして貴方がここに!?」

そこに立っているのはアルファリシアの第二王子で、この国の教皇でもあるジュリアンだ。

国王の間で姿を見たことがある。先程投げたのはいつも手にしている錫杖だろう。

ジュリアンは、父王に恭しく礼をすると、姉であるオリビアに向かって答える。

「ええ、姉上。私の可愛い飼い猫がここに迷い込みまして」

その言葉通り、ジュリアンの足元には黒猫がいる。彼はそれを優しく抱き上げた。

どこから見ても穏やかな聖人だ。慈愛に満ちたその姿を見れば、信徒は皆、信仰を深めるだろう。

だが、今この場所にはあまりにも不似合いだ。

そもそも、一体どうやってここに来たのか。

神殿の入り口は閉ざされている。

たとえ、四英雄の血を色濃く受け継ぐアルファリシア王家の者とはいえ、俺たちと同じ方法で来たとは思えない。

エルフィウスが俺に言う。

「気を付けろジーク。ジュリアンは得体の知れない男だ。俺が雷神エルフィウスであることを以前から知っていた。それにあのレオナールという男、前に少し剣を交えたが、俺の仮面に傷をつけたことがある」

「ジュリアン王子がお前のことを？」

それに、レオナールがシリウスの仮面を傷つけたことがあるだと？

いくらシリウスの姿だったとはいえ、エルフィウスに傷をつけられるほどの腕を持っているとは思えないが。

だが、確かに、今ジュリアンと共にこちらにやってくる男の気配は、以前オリビアの部屋や舞踏会で会った時のそれとは異質だ。得体の知れない力を放っている。

ジュリアンは祭壇の上にいる俺たちの方に歩いてくる。

その顔には変わらず聖人のような笑みが浮かんでいた。

「申し訳ありませんが、その男を殺させるわけにはいきません。このアルファリシアは元々、そこに眠っている彼を守るために作られたもの。この国の真の王は彼なのですから」

ゼキレオスが呆然と息子に問いかける。

「真の王だと？　ジュリアン、そなたは一体何を……」

そんな父王に少し目をやって、ジュリアンは答えた。

「ええ、父上。アルファリシア王家とは本来そのためにあるのです。私は初めて父上にこの神殿に連れてこられた時に、一人の男に出会いました。名前は月光のゾルデ。ふふ、彼についてはは私よりも貴方たちの方がお詳しいですね」

そう言って、ジュリアンはこちらを見つめる。

「ゾルデ……だと？」

俺は思わず声を上げた。

フレアの顔が蒼白になる。そして怒りに震えた。

「ゾルデですって！　貴方、あいつのことを知っているの⁉」

どういうことだ？

ゾルデは二千年前、ヤマトの地で俺が倒したはずだ。

何故ジュリアン王子が奴を知っている？

「正確に言えば、肉体が滅んでも生き続けた哀れな男の末路を、ですが。多くの神を狩った彼は、肉体が滅んでも生き続けた。ゾルデから私は多くのことを学びました。この国が作られた真の目的。そしてこの場所のことも。お蔭で私は、国教会の執務室から自由にここに出入りが出来ます。この施設は実に興味深い。生とは何か、死とは何か、私に教えてくれました」

凍り付いたような空気の中で、ジュリアンは微笑む。

「ですが、彼のやり方では上手くいかない。二千年前に起きるべきだったことを成すには足りないものがある。それでゾルデにはご退場頂き、私が計画を引き継ぐことにしたのです」

二千年前に起きるべきだったことだと？

あの人狼の女王も同じようなことを言っていた。

俺の本能が叫ぶ。

この男は危険だ。

どう見ても聖なる存在だが、何かが違う。

俺がそう思った時には、もうフレアが薙刀を構えてジュリアンに向かって走っていた。

「答えなさい！　ゾルデは今どこにいるの！　私はあの男を許さない‼」

「フレア‼」

その後を追うシルフィの姿。

精霊たちとジュリアンの間に、小さな黒い生き物が飛び込んでくる。ジュリアンが抱いていた黒い猫だ。

「ゾルデはそこです。私に従順になるように一度私の中に取り込み、その魂を浄化し作り替え、そして新しい肉体を与えました。貴方たちの遊び相手にはピッタリでしょう」

その瞬間——

ジュリアンに向かっていたフレアたちの前に立ちはだかるように、黒い魔獣の体の上に人の肉体が接合された化け物が姿を現す。それはまさしくあの黒猫が姿を変えたものだ。

そして、右手に握られた剣が、フレアに向かって凄まじい速さで振るわれた。

「くっ‼」

鋭い衝撃音が辺りに響いて、フレアの炎の薙刀がその剣を受け止める。

フレアの目が、魔獣と組み合わされた男の顔を見つめて大きく見開かれた。

「お前は……お前は！！！」

「ふふ、久しいな鬼の小娘。また俺に殺されに来たらしい」

怒りに満ちたフレアの顔は、その男が誰なのかを物語っていた。

「ゾルデ‼　私はお前を許さない！！！」

奴の前で身構える精霊たち。

同時に、俺のすぐ目の前にレオナールの姿が迫っていた。

その背には黒い翼が生え、体は黒く染まり、一回りは大きくなっている。

「小僧！　舞踏会での借りを今返すぞ‼」

俺の剣とレオナールの剣が激しく衝突する。

尋常な力ではない。

俺はエルフィウスに叫んだ。

「エルフィウス！　剣を‼」

「ああ、ジーク‼」

エルフィウスは先程弾き飛ばされた剣を取りに走る。

その時には、ジュリアンがもう、棺の男の支配領域である祭壇の中に足を踏み入れていた。

ゾルデとレオナールの額には、見覚えのある黒い宝玉が嵌め込まれている。

ミネルバやジェフリーと戦った時に見たものだ。彼女たちは宝玉を介して闇の術師に体を操られ、異形と化した。

俺はレオナールと鍔迫り合いをしながら、ジュリアンを見つめる。

「お前は……」

ジュリアンは静かに頷く。

「ええ、獅子王ジーク。貴方とは一度戦っています。ふふ、あの時はあくまでも私の影との戦いでしたが、今回はこちらも本気で行きますよ」

まさか、こいつがあの闇の術師か。

信じられない話だ。

大国であるアルファリシアの王子、それも国教会の教皇まで務める男が、人魔錬成に手を染める闇の術師だなどと誰が考えるだろう。

呆然としていたゼキレオスが、息子の前に立ち塞がる。

「何故だ？　ジュリアン、そなたが何故……」

「父上、貴方は偉大な王だ。息子として敬愛しています。ですが、だからこそ供物に相応しい」

その場にいる誰もが凍り付いた。

ジュリアンの右手が、音もなく父であるゼキレオスの体を貫いていた。何事もなかったかのように、彼は平然としている。

そして、アルファリシアの偉大なる王の体から、鮮血が流れ落ちる。

「今、この地には慰霊祭のために、愛する者を失った多くの人々が集まっている。遺された者の嘆きと悲しみ、そして仮初めの王の血が真の王を目覚めさせる」

崩れ落ちるゼキレオスの姿を見て、オリビアが絶叫した。

「お父様……いやぁああああ！！！」

その叫びと同時に、ゼキレオスを中心に赤い魔法陣が祭壇の上に広がっていく。

光は次第に漆黒へと染まり、周囲の草や花を枯らしていく。

そして、俺は背後に身の毛もよだつような気配を感じた。

「ぐはっ‼」

俺の体を何者かの剣が貫いている。

振り返ると、先程まで棺の中に眠っていた男がそこに立っている。男の手に握られた剣が、レオナールと剣を交えている俺の体を後ろから貫いていた。

俺を見下ろすその瞳、そしてその右手には黒い紋章が輝いていた。

「我を崇めよ」

黒い仮面の男は、俺を貫いた剣を引き抜くとそう言った。

傲慢で冷徹な意志を宿した瞳が俺を見ている。

「ジーク！！」

その時、男と俺の間に雷化したエルフィウスが割り込むと、その剣を横なぎにした。

男はそれをかわすと宙を舞い、少し離れた場所に着地する。

鮮やかな身のこなしだ。

そして、あの黒い紋章、あれは一体なんだ？

男は静かにこちらを見ている。

同時にシルフィがこちらに向かって突進し、レオナールに体当たりした。

「レオン‼　はぁあああああ！！」

九つの尾が白銀に輝く。

強烈な力がシルフィの体に宿り、それがレオナールを祭壇の上から吹き飛ばした。

「ちっ‼」

レオナールは体勢を崩しながらも黒い翼を広げて、上空からこちらを見下ろす。

シルフィはそれを見上げながら俺に言った。

「レオン！　大丈夫⁉」

「ああ、なんとかな……」

あの時、背後から感じた闇の気配に反応し、僅かに急所は外した。だが、それでも傷は深く、膝をついた。紅蓮の闘気が体を包み、傷口が塞がっていく。

ジュリアンはそんな俺たちを見て、一度祭壇から離れると金の錫杖を手に取った。

「やりますね。あの状況で急所を外すとは」

そして、その傍に奴を守るようにレオナールが舞い降りる。

その目を見て、シルフィが震える。

レオナールに対してではなく、奴の中に巣食う何かに。

白銀の毛が逆立ち、九本の尾が大きく広がっていく。

「まさか、お前は……」

シルフィの問いにレオナールは答えた。

「くくく、その姿、二千年前にも見たぞ。教団と言ったか。奴らに手を貸し、俺は幾つもの国を滅ぼした。中でもあの女との戦いは楽しめた。目の前であの女が治める国の精霊どもを殺すと、命を懸けて俺に挑んできたが、哀れなものだ。守るべき国は、もうこの俺の手によって滅んだも同然だったというのにな。そういえば、死にかけている時にお前の名を呼んでいたぞ。シルフィとな」

それはレオナールであってそうではない。

「黙れぇぇぇ‼」

シルフィは風のように、レオナールに向かって駆けていく。

喉笛に喰らいつこうとするシルフィの鋭い牙と、レオナールの剣が火花を散らした。

「まさか、邪龍バディリウスか」

俺は思わず呟いた。

二千年前、シルフィの故郷を襲い、妹である女王エルルの命を奪った邪龍だ。

ジュリアンは、戦いを繰り広げるシルフィとレオナールを眺めながら、俺に言う。

「神と呼ばれるほどの存在を狩り、その力を利用する。教団が行った研究の成果です。貴方たちがかつて見たのは邪龍そのものではない。その力を身に宿した適合者の一人でしょう。レオナールがそうであるように」

「適合者だと？」

「ええ、貴方も見たでしょう？　邪龍バディリウスの本体は、あの巨大な柱に封じられている。ふふ、多くの実験材料が二千年の時を経て死に絶えていましたが、流石にしぶとい。むしろ彼は自ら教団に手を貸していたようですが。レオナールの強い野心と残忍な性格が、バディリウスに気に入られましてね。そこに私があの宝玉で少し手を加えました」

レオナールの額には黒い宝玉が嵌められている。

それが奴の力を増幅させているように感じた。

ジュリアンの目が妖しく光る。

「レオナールは私の最高傑作の一つ。その強大すぎる力ゆえに、今日までは決してそれを解放させはしませんでしたが。ふふ、貴方さえ邪魔しなければ、ミネルバもいずれ私の傑作の一つとなったでしょう。ディバインドラゴンの女王、神龍ルクディィナの適合者として。残念です、どうやらその時間はもうなさそうですから」

「貴様……」

俺は剣を握ると立ち上がる。

闇の術師と戦ったあの時、ミネルバの背に白銀の翼が生えた。

強大な力に支配されながらも必死にそれに抗い、血の涙を流すミネルバの姿を思い出す。

そして、先程俺が見てきたキメラたちを。

ロザミアに似た白翼人の女性が大蛇と接合され、血の涙を流し死んでいたあの姿。

そして、ティアナと同じエルフ族の少女が、魔族と繋がれて舌を噛み切っていたあの姿を。

奴の話では、彼女たちは地獄の苦しみの中、長い時を生き続けていたのだろう。

その命が尽きるまで。

オリビアは、胸を貫かれた父の体に縋り付いて泣きじゃくっている。目の前で自分の弟が父を手にかけたのだ。とても受け入れることなど出来はしないだろう。

二人の傍にいるオベルティアスが、ゼキレオスに回復の術を使い、その傷は塞がってはいるが、首を横に振る。

「血を失いすぎている。もう、長くはもつまい」

俺も回復を試みたが、その姿を見てもう手遅れだと分かった。

「そんな……お父様‼」

オリビアは悲鳴を上げた。

その悲痛な声が辺りに響き渡る。

地面には、ゼキレオスの血が描き出した魔法陣がさらに広がっていった。

まるでこれから何かが始まるかのように。

俺は剣を握る拳に力を込めた。

紅蓮の紋章が強烈な光を帯びる。

「この外道め。俺は貴様らのような連中を絶対に許さん。獅子王の名にかけてな」

俺はこれまでも無数の魔を倒し、闇を屠ってきた。

だが、これほどの怒りを感じたのは初めてだ。

ジュリアンは微笑みながら俺に答えた。

「ふふふ、出来ますか、貴方に？　それに獅子王ジーク、貴方は大きな勘違いをしている。何故、四英雄を祀る神殿の奥にこのような場所があるのか分かりますか？　元々、教団は倒魔人と呼ばれる組織の一部なのです。ある目的を果たすために作られた闇の秘密結社。二千年前、一人の男の手によって作られた、ね」

「教団が倒魔人の組織の一部だと？」

　あり得ない話だ。

　一体奴は何を言っている。

　エルフィウスが、俺の隣で剣を構えながら怒りの声を上げる。

「ふざけたことを！　貴様らのような外道を倒すのが俺たちの仕事だ。そのためにどれだけの仲間が死んでいったか、お前は知るまい‼」

「エルフィウス」

　俺はエルフィウスの言葉に頷く。

「ジーク、奴の言葉に耳を貸す必要などない。お前も見ただろう？　ここで行われていた数々の実験を。とても人の所業だとは思えん。ジュリアンも教団とやらの信奉者だとしたら、その言葉に真実などない。惑わされるだけだ」

「ああ」

　フレアと戦っているゾルデの姿は、魔獣の胴体に人の体が接合されている。

　そして、シルフィと対峙しているレオナールは、邪龍バディリウスをその身に宿している。

　そこに使われている術式は紛れもなく闇のものだ。

どれほどの忌まわしい実験を繰り返して得られた知識なのか、どれだけの命の代償（だいしょう）の上に得られた力なのか想像もつかない。

薙刀を振るい、ゾルデと戦っているフレアも叫ぶ。

「そうよレオン！　こいつらは、何の罪もない村の人々や、その子供たちまで無残に手にかけた！　あの小さな村でただ平和に暮らしていただけなのに‼」

それを聞いてゾルデが邪悪な顔で笑った。

「罪がないだと？　貴様らのような化け物を神と称（たた）え、祀っていたこと自体が罪だ。くくく、あの時貴様を捕（と）らえていたら、いい実験材料になっただろう。お前たちを崇めていた愚かな人間どもと共にな」

ゾルデのその言葉に、フレアの背後の炎が激しく燃え上がる。

「化け物は貴方たちよ！　人の皮を被（かぶ）った悪魔。ゾルデ、私もほむらも決してお前を許さない‼」

フレアと背中合わせになるように、シルフィが音もなく軽やかに着地する。

その目は、レオナールを睨んでいる。

「レオン！　フレアの言う通りよ‼　こいつらは私たちに任せておいて！　貴方とエルフィウスは、ジュリアンとその黒い仮面の男を倒して頂戴！！！」

シルフィの周りには風が舞い、それに次第に雪が混ざり始め、吹雪（ふぶき）となって渦を巻く。

レオナールはそんなシルフィを眺めながら笑う。

「ほう、どうやらお前の中にルティウクの女王がいるらしいな。くく、丁度いい。今こそあの時の決着をつけ、共にあの世に送ってやろう」

そう言った後、オリビアを一瞥する。

「アルファリシアの王女オリビアよ。お前はその後で、ゆっくりと可愛がってやる。ミネルバというあの生意気な女と一緒にな」

それはレオナールの言葉なのか、それとも邪龍バディリウスの言葉なのかもはや分からない。

適合者という名の通り、その精神は完全に一体と化しているように見えた。

レオナールの、そして邪龍の残忍な瞳にオリビアは怯えながら、死に瀕した父の体を抱いている。

以前、オリビアの部屋で、不遜にも王女である彼女の腕を締め上げたレオナールの目は尋常ではなかった。

もしも俺たちが敗れれば、オリビアの運命がどうなるか、奴の目が語っている。

それを彼女もよく分かっているのだろう。

オベルティアスはオリビアを守りながら、既に手遅れだと知りつつも、ゼキレオスの治療を続けている。そして叫んだ。

「精霊たちの言う通りだ！　連中の目的が何かは知らぬが、生かしておけばこの世界はどうなるか分からぬ！　主よ、獅子王よ！　今ここでこの者たちを倒すのだ‼」

神獣の力がエルフィウスの足元に魔法陣を描くと、雷神の体に強烈な力が宿っていく。

仲間たちの言葉に、俺とエルフィウスは大きく頷いた。

剣を握る俺の紋章も輝きを増していく。

「ジーク！　あの黒い仮面の男は俺に任せてくれ。奴には借りがある‼」

あの男に支配され、俺と戦う結果になったことを言っているのだろう。

「ああ、エルフィウス。任せたぞ！」

エルフィウスは頷くと、雷化して一気に黒い仮面の男の懐に飛び込み技を放つ。

「うぉおおおお！　倒魔流秘奥義、六星死天翔‼」

俺と最初に剣を交えた時に放った秘技だ。

雷化し六つに分かれた雷神の体が、仮面の男に襲い掛かった。

シリウスの姿で放ったものよりも、さらに強力になっている。

それはまさに一撃必殺。あの男の正体が何者かは知らないが、奴に待っているのは逃れられない死だろう。

だが、その瞬間――

仮面の下の男の瞳に魔法陣が描かれた。

「覇王の瞳、開眼。倒魔流秘奥義、七天黒影破」

同時に男の体が揺らめき、七つの人影に分かれると、雷化した六人の雷神を迎撃する。

無数の斬撃が二人の間に繰り広げられ、火花が辺りに舞い散った。

「なん……だと？」

俺たちのものとは違うが、その動きや技の切れは間違いなく倒魔人のものだ。

それも、俺たち四英雄に匹敵するほどの力を持っている。いや、エルフィウスさえも凌ぐほどの力を。

いくら倒魔人といえど、あれほどの力を持つ者は、俺たち以外にはいない。

あの男の右手に浮かぶ黒い紋章は一体なんだ？

炎の紋章を持つ俺と、雷の紋章を持つエルフィウス、水の紋章を持つアクアリーテ、そして光の紋章を持つレディン。

俺たち四人以外に英雄紋を持つ者はいないはずだ。

一瞬、俺が二人の戦いに目を奪われたその時——

「ふふ、獅子王ジーク。他人の心配をしている暇などありませんよ。言ったはずです、私も今度は本気だとね」

「なに!?」

ジュリアンはまるで一瞬にして距離を詰めたように、もう俺の目の前にいた。

魔術師の動きだとは思えない速さだ。

そして、黄金の錫杖を一閃させる。

金属がぶつかり合う激しい衝撃音が辺りに響いて、俺の剣と奴の錫杖が衝突した。

以前、奴の影と戦った時とは比べ物にならない強さだ。

額にはかつてのような黒い宝玉ではなく、白く輝く石が嵌め込まれていた。その石が奴に力を与えているのが分かる。

「それはまさか！」

ジュリアンは俺に答えた。

「貴方も知っているでしょう？　魔道を極めた幾多の者たちが追い求め、しかし辿り着くことが出来なかった英知の結晶、それがこの賢者の石です。私はこの場所で多くのことを学び、一人の男の記憶を辿ることで、ついにこれを手にすることが出来ました。ふふ、愚問でしたね。貴方は、かつて同じようにこの石を手にした男をよく知っている」

俺の目はジュリアンの額の石を射抜いている。

奴の言う通り、俺がよく知るあの男の額にも同じものがあった。

「光帝レディン……やはり、この場所は奴と関係しているのか⁉　あの黒い紋章を持つ男は一体何者だ！　ジュリアン、答えろ‼」

「気になるようですね。確かに貴方には知る権利がある。私の期待通り人狼の女王を倒し、雷神エルフィウスさえも凌いで、約束の地であるこの場所に辿り着いたのですから」

鍔迫り合いをしながらも、奴の額の石の輝きは増していく。

「お前の期待通りだと？」

「ええ、貴方がこの場所に辿り着いたのは、二千年前からの定められし運命。私の目的にとって、貴方は鍵となる存在なのですから」

運命だと？

こいつは何を言っている。

ジュリアンは続けた。

「貴方は知っているはずです。紋章の数が四つではないことを。光、炎、雷、水、そして闇。英雄紋と呼ばれる紋章は、本当は五つあるのです。貴方はかつてあの仮面の男に会ったことがある。ですがそれを忘れている」

「紋章が五つだと？　それに俺があの男に……戯言を言うのはやめろ！」

俺の答えに、ジュリアンの額の石が強烈な輝きを見せた。

その光が周囲を埋め尽くしていく。

「いいえ、偽りなどではありません。ふふ、いいでしょう。ここに辿り着いた貴方に敬意を表して、見せて差し上げましょう。二千年前に一体何があったのか、何故光帝と呼ばれた貴方の父が仲間を裏切ったのか。この石の中に眠る記憶、その全てを」

5　真実の扉

どういうことだ？　俺は辺りを見渡してそう思った。

俺は仲間たちと一緒に、地下神殿の先にあった施設の中で、ジュリアンたちと戦っていたはずだ。慌てて身構えるが、何故か体が思うように動かない。

周囲の光景は、先程までいたはずの場所とは似ても似つかなかった。

そこは宮殿の一室のように見えるが、アルファリシアの王宮の中ではない。家具などの調度品や壁や柱の造形が、今の時代のものとは明らかに違うからだ。

だが、俺はこの光景に見覚えがある。

俺はどこかに寝かされていて、立ち上がろうとするが上手くいかない。思わず自分の手を見つめると、視界に入ったのはとても小さな手だった。

そう、まるで赤ん坊のように。

その時、誰かが俺の体を抱き上げた。

「どうしたの？　私の可愛い坊や」

その声はとても心地（ここち）いい。

俺を抱き上げたのは美しい赤毛の女性だった。

「坊や、生まれてきてくれてありがとう。貴方といるだけで私はとても幸せよ」

どこかで聞いたことがある声と言葉だ。

ずっとずっと遥か昔に。

彼女の周りには侍女が何人もおり、その身分の高さが分かる。

侍女の一人が彼女に言った。

「エリーゼ様、今日は陛下が戦からお戻りになられます。お生まれになった王子殿下をご覧に入れれば、きっと喜ばれますわ」

「ええ、マーニャ。陛下が戻られるのが待ち遠しいわ」

まさか……

俺は彼女たちの会話を聞いて確信した。

今俺がいるのは、俺の母親の部屋だ。

そして、マーニャというのは、母が最も信頼していた侍女の名だ。それも今の時代のではなく、遥か二千年前の世界の。

俺を抱いて部屋の中を歩く母の姿が、壁に嵌め込まれた大きな姿見に映っている。

そこには母親に抱かれた俺の姿が映っていた。まだ生まれたばかりの赤ん坊の俺の姿が。

これはジュリアンが見せている幻覚だろうか？

そもそも、赤ん坊の時の記憶などあるはずもない。

だが、とてもただの幻覚だとは思えない。現実と何の変わりもなく思えた。

まるで何者かが、俺の中の欠落した記憶を補い、新たな人生として俺になぞらせているかのように。

俺をあやした後、腕に抱いたままベッドへと戻る母に、マーニャは言った。

「それにしても、いつまで戦いは続くのでしょう。生まれてこられた王子殿下のためにも、早く平和が訪れればどれほどいいか」

「そうね、マーニャ。ですが、まだ多くの国々が強大な魔物たちを恐れながら暮らしています。陛下が倒魔の部隊を率いて戦わなければ、彼らは生きてはいけないでしょう」

マーニャはそれを聞いて頷く。

「はい、王妃殿下。多くの国が陛下のもとに集い、このベルスヴァイン王国は今や魔と戦う旗印となっています。中でも陛下をはじめ、倒魔人と呼ばれる腕利きの者たちは、恐ろしい魔物でさえ倒してしまう力があるとか」

「ええ、私もそう聞いています」

「それに人々は、陛下に皇帝となり、国々を統治して欲しいと望んでいると聞きますわ。中にはもう陛下のことを、光帝レディンと呼んで崇めている者たちもいるとか。伝承ではいずれこの世を救う者が現れると言われています。そして、その者の右手には、英雄紋と呼ばれる輝く紋章が現れるとも。きっと陛下がそうなのですわ！　エリーゼ様もそうは思われませんか⁉」

興奮気味にそう語るマーニャに、母は苦笑しながら答えた。

「マーニャ、またそのようなおとぎ話を。陛下がお聞きになったら笑われますよ」

母のその言葉に、マーニャは首を横に振った。

「いいえ、いいえ！　これは星読みの力を持つ、偉大なる大賢者オーウェン様が仰る予言なのです。きっといつか光り輝く紋章を持つお方が現れて、地上を平和へと導いてくださいますわ」

「もう、マーニャったら。そうね、でもそうなるといいわね」

「はい！　エリーゼ様」

暫くすると、侍女の一人が扉をノックして部屋に入ってくる。

彼女は恭しく礼をすると母に言った。

「王妃様、先程陛下が戻られたと知らせが届きました。王子殿下がお生まれになられたという知らせも届いているはず。すぐにこちらにいらっしゃるでしょう」

それを聞いてマーニャが喜びの声を上げる。

「エリーゼ様！」

「ええ、マーニャ。髪を結って頂戴。あの人の前で疲れた顔は見せたくないから」

出産の後の疲れを夫に見せたくないのだろう。

マーニャは大きく頷いた。

「はい！　エリーゼ様‼」

それから間もなく、衛兵が扉を開け大きな声を上げる。

「王妃様、陛下がいらっしゃいました！」

立ち並ぶ衛兵たちの間を、数名の騎士たちと一緒に入ってくるのは、背の高い堂々たる男だ。

白く輝く髪を靡かせて歩いてくる。

その姿を見てマーニャたち侍女は母のベッドの前から下がると、左右に分かれ深々とお辞儀(じぎ)をしていた。

「陛下！　よくご無事で。お帰りなさいませ」

そう言ってベッドを下りようとする母を、国王であるレディンは止めた。

「そのままで良い、エリーゼ。それよりも、息子が生まれたそうだな」

「はい、陛下‼」

母はそう答えると、胸に抱いている俺をレディンの方へと向けた。

レディンに仕える周囲の騎士たちから一斉に声が上がる。

「これはご立派な男の子ですね、陛下！　髪はエリーゼ様に、そして顔立ちは陛下によく似ておられる」

「おめでとうございます！　きっと良いお世継ぎになられることでしょう」

臣下たちの祝いの言葉にレディンは頷くと、母の傍に行き、その労をねぎらう。

「エリーゼよ、いい子を産んだな。この国の第一王子だ、いずれ余の後継ぎとなろう」

「はい、陛下」

母は幸せそうに笑ってレディンの胸に身を寄せた。

そんな中、廊下が騒がしくなると、衛兵が再び部屋に入ってくる。

そして、レディンに報告をした。

「陛下。陛下のご帰還と王子殿下のご生誕を祝い、客人が参っております」

「客だと、誰だ？」

「は、はい。陛下もお戻りになられたばかりですし、エリーゼ様もお疲れでしょうから日を置いて、と申し上げたのですが。どうしてもと……」

言いにくそうにそう話す衛兵に、騎士の一人が声を上げる。

「陛下は誰かと尋ねておられる。申し上げよ」

「はい。大賢者オーウェン様でございます。どうしても、お生まれになった王子殿下にお会いしたいと仰って」

それを聞いて、騎士たちは閉口した様子で口々に言う。

「相変わらずタイミングというものを知らぬお方だ。陛下もエリーゼ様もお疲れだというのに」

「あのご老体か」

「それに、陛下やエリーゼ様ではなく、王子殿下にお会いしたいとは。いくら大賢者の称号を持つお方とて無礼であろう」

そんな騎士たちの会話を遮るように、レディンは右手を上げると衛兵に告げた。

「構わん、通せ。オーウェンは魔導士として多くの倒魔人を育て上げた男だ。我が倒魔の軍においてその功績も大きい。こんな時ではあるが、無下には出来まい」

「畏まりました、陛下！」

衛兵は廊下へと戻り、そして一人の老人を連れて部屋へと戻ってくる。

一体何歳なのだろうか。

優に百歳は超えているようにさえ見えるその老人は、右手に杖を持っている。

そこには大きな宝玉が嵌め込まれ、強力な魔力が宿っているのが分かる。

老人は部屋に入ると、母がいるベッドへと駆け寄った。

「おお！　これがお生まれになった王子殿下であられるか‼　エリーゼ様、どうかこのオーウェンに抱かせてくだされ！」

その振る舞いに、騎士の一人が声を荒らげた。

「ご老体！　陛下の御前で無礼が過ぎますぞ‼」

「うるさいわ、このひよっこが！　そなたなど、まだ剣も握れぬ時からこのワシは魔と戦ってきた。望むならば相手をしてやろうか？」

気が付くと老人の杖の先は、騎士の鼻先に突き付けられている。

腕利きの騎士が身動きすら出来ないほどの身のこなしに、周囲は静まり返る。

大賢者に心酔しているマーニャは、母の傍に寄ると小さな声で囁く。

「エリーゼ様、大賢者様が抱いてくださるなんて光栄なことですわ。どうか、ぜひ」

その言葉に苦笑しながら、エリーゼはレディンに許可を取ると、オーウェンに俺を抱かせる。

オーウェンはそのしわくちゃな顔でじっと俺を眺めると、声を上げた。

「間違いありませぬ。昨夜ワシは一際輝く星を見た。ワシだけではない、多くの者が見たはずじゃ。あれは天が示した吉兆。このお方はいずれ地上に輝く星となるでしょう」

マーニャはそれを聞いて目を輝かせると口を挟む。

「大賢者様！　それは、殿下が光り輝く紋章を持つ救世主となるということでしょうか？」

「うむ、英雄紋という紋章を持つ救世主。このお方はいずれそうなられるに違いない」

それを聞いて、先程恥をかかされた騎士が苦々しげに言った。

「また、勝手なことを。地上をお救いになる救世主はレディン様に決まっている。輝く紋章を手にされるお方もな」

それを他の騎士たちがとりなした。

「まあいいではないか。なんにしても目出度い話には違いあるまい」

「そうだ。この国にとって最高の吉事には違いないのだからな」

そんな中、老人はレディンに申し出た。

「陛下、殿下の御名はジークとお付けくださいませ。ワシにはそう天啓がございました。古の言葉で、勝利と輝きを示す言葉でございます。そしてどうかこの老体に、殿下をお預けくださいませ。さすれば、最高の倒魔人として育て上げてみせましょう！」

その言葉に、エリーゼは首を横に振った。

「お待ちなさい、オーウェン。大賢者の貴方の言葉とて、母としてそれは聞き入れられません。この子はまだ生まれたばかり、私の傍に置いておきたいのです」

騎士たちも一斉に声を上げた。

「当然だ！」

「いくら大賢者殿とて、それはあまりにも非礼な申し出であろう！」

レディンは母や騎士たちの声を聞いて、大賢者に答えた。

「オーウェン、ジークという名は気に入った。だが、エリーゼがこう申している以上、そなたの二つ目の望みは叶えることが出来ん。成長し、ジーク自身がそう決めたのならばそなたに任せよう」

その言葉にオーウェンはなおも食い下がったが、結局はマーニャにさえ反対されて、渋々（しぶしぶ）と引き下がる。そして、名残（なごり）惜しそうに部屋を後にした。

レディンたちも部屋を出ていき、程なく日が落ちて夜になる。

夜が更（ふ）ける頃、母の部屋を再度訪ねてくる者がいた。

衛兵が止めようとしている声が聞こえ、マーニャが外に出る。

暫くすると、客を連れて再び部屋に戻ってきた。

「すみません、エリーゼ様。大賢者様がどうしてももう一度、お会いしたいと仰って」

マーニャが連れてきたのは大賢者オーウェンである。

彼は深々と母と俺に礼をすると、申し出た。

「王妃様、どうかこの老体の無礼をお許しくだされ。昼間は陛下もおられてお話が出来なかったことがあるのじゃ。決して外には漏（も）れてはならぬことゆえ、どうかお人払いを」

「オーウェン、いきなりどうしたというのです」

母は困惑した様子だったが、老人の真剣な眼差しに押し切られマーニャに命じる。

「マーニャ、人払いを。暫くはこの部屋に誰も近づけてはなりません。いいですね？」

「は、はい！　エリーゼ様」

少し不安げな侍女に母は微笑む。

「心配はいりません。ここは王宮の中です。それに、大賢者オーウェンは歴戦の勇士でもある。衛兵たちがいなくとも、誰よりも心強い護衛となりましょう」

それを聞いてマーニャは明るい顔に戻ると、大きく頷いた。

「そうですね！　分かりました、エリーゼ様」

彼女は母の命令だと衛兵や侍女たちに告げて、彼らを部屋から遠ざけると、自分も礼をして廊下の奥へと歩いてく。

それを確かめた後、大賢者はゆっくりと扉を閉めた。

母は俺を抱いたまま、大賢者の言葉に耳を傾けた。

「王妃様、もう一度伏してお頼みいたしますじゃ。どうかジーク様を、ワシにお預けくださいませ！」

それを聞いて、母は再度首を横に振った。

「その話であればもう私の答えを伝えたはずですよ。この子は私の傍で育てます。陛下が仰るように、この子が成長して自ら望めば、貴方に預けましょう。それまでお待ちなさい」

母親として当然の返事に、オーウェンは暫く考え込むと口を開いた。

「ワシとて無礼なことを申し上げているのは、重々承知の上。ですが、ワシの星読みでは、ジーク様の前に大きな災いが待ち受ける未来が見えたのじゃ」

「災いですって？」

「はい、王妃様。ジーク様の誕生という吉兆と共に、その前に立ち塞がる黒い影が見えたのじゃ。それ故にワシの傍で守り、幼き頃から鍛錬を欠かさぬように鍛えて差し上げたい。そう思ったのじゃ」

母はオーウェンの真剣な眼差しに暫く考え込んだ。

そして答える。

「分かりました、オーウェン。貴方が嘘を言っているようには見えません。ですが、私もこの子と離れたくはないのです。どうでしょう？　貴方が宮殿に住み、この子の傍で教師をするというのは。それならば、私も受け入れることが出来るわ」

大賢者は苦い顔をする。

「ワシが王宮に住むですと……堅苦しい場所は苦手なのじゃが。ふむ！　仕方ありませぬな。王妃様、我が願い聞き届けてくださり、感謝いたしますぞ‼」

「それでは決まりですね。マーニャを呼んで、すぐに貴方の部屋を用意させましょう」

母がそう言って、俺たちが廊下に続く扉の方を見た時、背筋が凍るような感覚に囚われた。

そこに一人の男が立っていたからだ。

まるで気配も感じさせずに、いつの間にか。

「何者じゃ！　貴様‼」

オーウェンが杖を構える。

だが、その瞬間、もう男は大賢者の胸に剣を突き立てていた。

「ば、馬鹿な！　このワシが……」

「大賢者よ。この赤ん坊の手に紋章が輝くことはない。俺の紋章にかけて誓ってやろう」

オーウェンの目が大きく見開かれる。

「なん……じゃと。その紋章は一体？」

剣を握る男の右手では、黒い紋章が輝きを放っていた。

そして顔は黒い仮面で覆われている。

そうだ、ジュリアンが言っていたように、俺はこの男に会ったことがある。

二千年前、この場所で。

幼い頃の記憶の中に埋もれた映像が、脳裏にはっきり蘇っていく。

そう、母が死ぬ場面を。

大賢者が床に倒れ息を引き取った後、男はゆっくりとこちらへ歩いてきた。

俺は「やめろ！」と心の中で叫んだ。

だが、それは声にはならない。

この後何が起きるのか分かっていたとしても、恐らく俺は過去を見せられているだけなのだから。

母は俺を必死に抱きしめて男を睨んだ。

「一体何者なのです、貴方は⁉」

「お前がそれを知る必要はない。ここで死ぬのだからな」

それを聞いて母は青ざめると、俺をしっかりと抱きしめる。

「貴方が何者なのかは知りません！　ですが、この子だけは……まだ生まれたばかりの赤子なのです」

仮面の男はそれを聞くと、低く笑いながら答えた。

「元々この赤ん坊を殺すつもりはない。死ぬよりも辛い未来を与えるために俺は来たのだからな」

そう言って母の腕から強引に俺を奪い取ると、俺の胸に手を当てる。

一瞬、凄まじい痛みが全身に走ると、俺の中の何かが封じられるのを感じた。

そして、男は母を剣で貫くと、いつの間にか姿を消していた。

母は最期に力を振り絞って、床に寝かされた俺に手を伸ばし、小さな俺の手を握ると言った。

「ジーク……一緒にいられない母を許して。貴方を愛してるわ」

俺は母のことを、残された肖像画でしか知らない。

だが、誰よりも強く愛してくれていたのを、今ようやく知った。

まるで今の俺の気持ちを代弁するかのように、赤ん坊の俺は大きな声で泣き始めた。


次に俺が見せられたのは、十三歳の時の記憶だ。

あの時、俺が仮面の男に封じられたのは魔力だった。

魔法を全く使えない第一王子である俺は、次第に人々から陰口を叩かれるようになっていった。偉大な父親と比較されて、後継ぎに相応しくないと皆が口々に囁いた。

侍女のマーニャが俺の手を握り締める。

「ジーク様、皆の言うことなどどうかお気になさらずに。マーニャはいつまでもジーク様にお仕えいたしますから」

もう俺の侍女は彼女一人だった。

レディンは新しい王妃を迎え、その王妃との間に俺よりも一つ年下の王子が生まれていたからだ。

今まで母の侍女だった者たちの殆どが、新しい王妃と王子に仕えている。

「陛下も酷いですわ。エリーゼ様が亡くなった後、すぐに新しい王妃を迎えて子供まで……私は納得出来ません！」

「マーニャ、俺は城を出て行くよ。分かってるんだ。俺はもうこの国には必要ないって」

「ジーク様！」

俺は彼女に母の形見の指輪を握らせた。

「売ればきっといい金になる。母上もお前のためならばきっと喜んでくれるはずだ。マーニャ、今日までありがとう。俺に出来るのはこれぐらいだから」

「そんな！ ジーク様、受け取れません‼」

俺は何度も首を横に振るマーニャを説得して、指輪を握らせた。

皆に陰口を叩かれながらも、今日まで俺に仕えてくれた彼女に出来るたった一つの礼だ。

俺についていくと言って聞かないマーニャを説得するのはもっと大変だったが、城の外に出ればどんな危険があるか分からない。

連れて行くわけにはいかないからな。

マーニャは涙を流しながら俺に言った。

「ジーク様、お元気で。マーニャはいつもジーク様の幸せを願っています」

「ああ、マーニャ。ありがとう」

その後、俺は父親であるレディンに、別れの挨拶をしに向かった。

玉座の間には、国王であるレディンと新しい王妃のベラ、そしてその息子のライアンが座っている。

「父上、今日はお別れを申し上げたくて参上しました」

広間にいる人々からどよめきが漏れるが、俺を眺めながら納得したように囁き合う。

「これでライアン様がお世継ぎか」

「それがいいだろう」

「倒魔の軍を率いるこのベルスヴァイン王国の世継ぎが、魔法も使えぬ無能者ではな」

ベラの親族の貴族が俺に聞こえるようにそう言って笑う。

父であるレディンはそれを止める様子もない。

俺が国を出ることを決めたのは、それが理由だ。

父に望まれているのなら話は別だが、母を亡くし、父には疎まれているのであれば、この国にいる理由などないからな。

そんな中、ライアンが俺を見下ろすと笑みを浮かべて申し出た。

「兄上、城を出るなどとんでもない。この国の世継ぎは兄上です。ですが、そこまで仰るのなら、せめて最後に私と戦ってからにしてくださいませんか？　そうでなければ、私が代わりに世継ぎになることを認めてくれない者も出てきましょう」

「断る。俺にはお前と戦う理由がない」

俺の言葉に、ライアンは苛立ったようにこちらに駆け降りてくる。

「そちらになくともこちらにあると言っている！」

そう言って腰に差した剣を抜いた。

俺はライアンが振るった剣をかわすと、右手でそれを弾き落とす。

「な！！！」

「俺でもこれぐらいのことは出来る。お前も修練することだ」

魔法は使えないが、剣の修業は欠かさずにやってきた。

マーニャの知り合いの騎士の中には、俺の母に世話になったと陰で剣を教えてくれる者もいたからな。

ライアンの顔がみるみる真っ赤になっていき、叫んだ。

「母上！　無能者のくせにこいつが私に恥を‼」

それと同時に、俺の周りを一斉に兵士たちが囲む。

どうやらこの国の世継ぎは、もうとっくに俺ではなかったらしい。

その時、玉座からレディンがこちらに歩いてくる。

そして腰の剣を抜いた。

「ジーク、最後に余が相手をしてやろう」

「分かりました」

父親と剣を交えるのは初めてだ。

レディンは剣を構えると俺に言った。

「好きな時に打ち込んでみるがいい」

俺は魔法は使えないが、闘気を練ることは出来る。剣を握る手に力を込めて、思いきり踏み込むと剣を振るった。

すると周囲から声が上がる。

「おお！　なんと見事な……」

「魔法が使えないというが、これほどの剣の腕があるとは」

だが、俺の剣はその直後、レディンの剣に弾き返され大きく宙を舞った。

その目が俺を射抜いている。

「いくら剣技を極めても、それだけでは倒魔人にはなれん。魔力を同時に高めてこそ真の力を発揮するのだからな」

レディンの言う通りだろう。

魔力で全身を活性化したレディンには、俺の剣など通じはしない。

剣を極めて凄腕の剣士にはなれても、強大な魔を倒す倒魔人には到底及ばない。

ライアンが叫ぶ。

「父上！　こいつの首を刎ねてください！　世継ぎとなるこの私を侮辱したのですから‼」

「そうです！　陛下‼　世継ぎであったこの者を自由にしては、いつか国が乱れる原因になりますわ！」

王妃のベラも声を上げる。

周囲は凍り付いたように俺たちを眺めている。

レディンは暫く俺を眺めると、剣を構え、こちらに向かって振り下ろした。

だが、その剣を何者かの剣が受け止める。

「いい加減にしておきな！　なんのつもりか知らないが、冗談なら悪趣味にも程がある」

レディンの剣を受け止めていたのは、銀髪の女騎士だ。

周囲はどよめく。

「アデラ様だ」

「あれがそうか……」

「倒魔人の筆頭の座を陛下と争うほどの腕があると噂に名高い、ハイエルフの国オゼルフアンの女騎士」

「銀獅子姫と異名を取る凄腕の倒魔人だとか」

アデラはレディンを眺めながら言った。

「レディン、あんた変わったね。昔はそんな奴じゃなかった。近くで仕事があって来てみたらこれだ。あんたがいらないならこの子は私が貰っていくよ」

レディンは静かにアデラを見つめると答える。

「好きにしろ。余にはもう必要のない者だ」

「そうかい。どうやら私の知ってる友人はもうここにはいないようだ」

そんなアデラの前に、ベラとライアンが血縁(けつえん)の手勢を率いて立ち塞がる。

「無礼な！　玉座の間での非礼をまず詫(わ)びよ！　そして、その者を置いていくのだ‼」

「そうだ！　父上も今言ったではないか、そいつはもうこの世に必要のない奴だとな！」

鞘(さや)にしまったはずのアデラの剣が、いつの間にかまた抜かれている。

そして、それはベラの自慢の美貌に傷をつける。

頬に流れる血を見つめながらアデラは言った。

「子供の躾(しつけ)がなってないね。私は自分が譲(ゆず)れないもののために戦っている。誰からも命令を受けるいわれはない。文句があるなら、いつだって相手になってやるよ」

そしてライアンに言った。

「必要がないかどうかはこの子が決めることだ。他人に委(ゆだ)ねることじゃない」

「ひっ‼」

アデラは俺を振り返ると言った。

「行くよ、ジーク」

俺は彼女に頷いた。

それが俺の師になるアデラとの出会いだ。

彼女は俺に色々なことを教えてくれた。

「ジーク、あんたは魔法を使えないそうだね。だが、剣の腕は相当なものだ。生まれ持っての才能もある。魔法が使えなくても、一つだけあんたにも強くなれる方法がある」

「アデラ、俺にその方法を教えてくれ。どんな厳しい修業にも耐えてみせる。俺は倒魔人になりたいんだ！　そのために旅に出るつもりだったんだから」

自分にはその力がないと分かっていても、父親を見返してやりたいという気持ちがあった。

無能な王子を産んだという母への陰口が、王国からいつか消え去るように。マーニャもそれを望んでいたからな。

殿下はいつか光り輝く紋章を手にする英雄になるんだ、というのがマーニャの口癖だった。

「言うね。男なら一度言った言葉を違えるんじゃないよ」

アデラは俺をエルフの国の森の中へと連れて行った。

巨大な木々が立ち並び、荘厳な雰囲気が漂っている。

俺はアデラに尋ねた。

「アデラ、ここでどうすればいいいんだ？」

「あんたは何も感じないのかい？」

「ああ……」

俺の答えにアデラはふぅと溜め息をつくと、俺に背を向けて立ち去ろうとする。

「おい！　待ってくれよ」

「いや待たないね。どうしてここに連れて来たのか分かるまで、毎日そこにいな。それがあんたにとっての修業さ」

俺は何日もそこで修業を重ねた。

修業と言っても何もやることがなかったんだが。

自然の中で黙って一日過ごすと、その内、周りの自然と自分が同化していくように感じ始めた。

森で過ごしては、アデラのいる小屋に帰る日々。彼女は初めに言った通り、何も助言をしなかったが、色々と面倒を見てくれた。

そんなある日、俺は森の中でエルフの子供たちに出会った。

一人の女の子が蹲(うずくま)って、その周りで少し年上の子供たちが囃(はや)し立てている。

「こんな魔法も使えないのかよ。アクアリーテ！」

「お前ってほんと魔法が苦手だよな」

「エルフのくせにさ、変なの！」

彼女は俺よりも二つか三つ年下だろうか。

愛らしい大きな目にいっぱいの涙を浮かべて、蹲っている。

「頑張ってるもん！　アクアだって頑張ってるんだもん‼」

そう言ってべそをかく少女を見て、俺は思わず助けに入った。

俺だって魔法が使えないから。

「やめろ‼」

エルフの少年たちが俺を見て声を荒らげる。

「何だお前⁉」

「人間のくせに俺たちのことに口出しするなよな！」

「生意気なんだよ！　へへ、俺の攻撃魔法を喰らえ！」

そう言って、脅しのように火炎魔法を放ってきた悪ガキの攻撃をかわして、俺は懐に飛び込むと、足元の木の枝を拾ってそれを喉元に突き付ける。

「ひっ‼」

「やめろって言っただろう？　これ以上やるなら俺だって本気でやるぞ」

俺の脅し文句に、エルフの子供たちは捨て台詞を吐いて散り散りに逃げていく。

それにしても、自分の動きがいつもより少し軽やかに感じられた。気のせいだろうか。

俺は蹲っている少女の手を取った。

「あいつらはもう行ったから泣くなよ。アクアリーテだっけか」

彼女は俺を見上げて、まだぐずりながら頷く。

「うん！　私、アクア！　助けてくれてありがとう」

嬉しそうにそう言って笑う。

「俺はこれから修業があるからもう行くけど、一人で帰れるか？」

その言葉にアクアは首を横に振った。

「アクア、帰るところないの。お父さんもお母さんも死んじゃって、一人で森に住んでるから。だから、文字もよく読めなくてみんなに馬鹿にされて……」

ここはハイエルフの森だからな。魔物もいないからなんとか暮らしてこられたのだろう。

文字がよく分からないって言ってたな。だから魔法が苦手なのか。

そこまで話した後、彼女は涙を浮かべて俺に謝る。

「ごめんなさい、私ばっかりいっぱい話して。助けてくれたから嬉しくて」

「そうか、行くところがないのか……」

親がいなくて心細い気持ちはよく分かる。

俺にも母親はいないし、父親からはまるでいないもの同然の扱いを受けてきた。

「なあ、俺と一緒に行くか？　アクアリーテ」

アクアリーテは不思議そうに俺を見つめている。

そして、その大きな瞳いっぱいにまた涙が浮かんだ。

「アクア、一緒に行ってもいいの？　もう一人で暮らさなくてもいいの？」

「ああ、俺の名前はジーク。アデラっていうエルフと一緒に近くの小屋で生活してるんだ。一人ぐらい増えても、きっとなんとかなるさ」

アデラが何て言うか分からないけど、説得してみよう。

「うん……ジーク。私、一緒に行く」

アクアリーテを連れて帰ると、アデラは呆れた顔で俺に言った。

「全く勝手に居候を一人増やして。でも追い出すわけにはいかないね。ジーク、あんたそれが分かってて連れて来たね」

「まあね。はは！　いいってさ、アクアリーテ」

「うん！」

それからは俺は森で修業を、アクアリーテはアデラから魔法を習う生活が始まった。

一年経つ頃には、俺は静まり返る森の中で、周囲の生き物の気配を全て感じられるほどになっていた。

自然と呼吸を森の中のリズムに合わせる。

その時、背後からアデラが俺に声をかけた。

「そろそろよさそうだね。剣を持ってみな」

俺は頷くと、剣を構えてアデラの前に立つ。

アデラは俺に言った。

「私に打ち込んでみな。全力でね」

「でも、俺はまだ何も教わってないよ」

「鈍いね。まだ分かってないのかい。それに、男なら女に二度言わせるんじゃないよ！」

俺は肩をすくめると、アデラに向かって踏み込んだ。

まるで魔法のように俺の体は以前よりも速く動くと、アデラに剣を振っていた。

鮮やかにそれを受け止めるアデラは笑う。

「どうだい？　以前とは段違いだろう」

「あ、ああ……でもどうして。俺は魔力を使えないのに、肉体が今までよりも活性化してるのを感じた」

アデラは俺に答えた。

「これは魔力じゃない。霊力ってやつさ。この世の生きとし生けるものに宿っている力だ。あんたはこの森の生き物の霊力を感じて、日々己の霊力も高めた。魂の力ってやつをね」

「魂の力？」

「ああ、そうだ。余程の才能がないと、ここまで早くこの力は使いこなせない。逆に魔力がないことが功を奏したのかもしれないね。何もなければ使えるものを使うしかない。レディンにあんたが斬り込んだ時、無意識に霊力を使っていた。あの時、その片鱗を感じたのさ」

アデラは俺に言う。

「魔法は使えないが、この力があれば肉体の強化は出来る。闘気だって霊力の一つだからね。それを極めれば倒魔人としても立派にやっていける」

「本当か？　アデラ！」

「ああ、嘘は言わないよ」

俺たちの修業を見ていたアクアリーテが、嬉しそうに拍手をする。

「ジークって凄い‼」

「はは、照れるな」

アデラは呆れたように肩をすくめる。

「ったく、褒めた途端にこれだ。まあジークも大したものだけど、アクアリーテの魔法もかなり成長したからね」

「うん！　アデラが教えてくれるから。私、ジークと一緒に倒魔人になるの！」

それがアクアリーテの口癖だった。

俺は嬉しくなってアデラに尋ねた。

「なあ、アデラ。どうしてアデラは俺たちにここまでしてくれるんだ？」

その問いにアデラは肩をすくめると答えた。

「どうしてだろうね。ジーク、あんたには何か強い力を感じるんだ。この世界に必要な何かをね」

「俺が？」

アクアリーテは目を輝かせて頷いた。

「私もそう思う！　だってジークといると私、とっても幸せだもん‼　へへ、もちろんアデラもね」

「私はジークのついでかい！　まったくもう」

そんなアデラの言葉に、俺たちは顔を見合わせて笑った。

俺が十六歳、アクアリーテが十四歳の時、俺たちはアデラの推薦(すいせん)で倒魔人になった。

ただし、俺の父親の国であるベルスヴァイン王国ではなく、エルフの国であるオゼルフアン王国に所属する倒魔人だ。

まだ見習いだから、アデラと一緒に行動するのが条件だが、数々の仕事をこなしているうちに俺たちの評判も上がっていった。

アクアリーテが嬉しそうに俺に言う。

成長した彼女は、誰もが振り返るほど美しいハイエルフになっていた。

「ねえ、ジーク！　私たちいいチームよね」

「ああ、アクアリーテがいてくれると安心して戦える」

実際に彼女は回復と補助魔法にかけては、右に出る者はいないと言われるほどになっていた。

「ふふ、私頑張ったんだ。だって絶対にジークやアデラに死んで欲しくないから」

そう言って、頭をこちらにちょこんと突き出す。

アクアリーテがご褒美をねだる時の仕草だ。

俺が頭を撫でると、アクアリーテは幸せそうに微笑む。

気が付くと俺たちはもう家族だった。

それが絆を強くして、俺の霊力も高めていった。

俺に魔力があれば最強の倒魔人になれると言う奴もいたが、魔力がないからこそここまで来られたのかもしれない。

そして仕事を続けていく中で、俺たちに別れの時が来た。

アデラは俺たちに言う。

「もうあんたたちは一人前さ。これからは二人で組んで倒魔人を続けな。二人とも名うての倒魔人だ。教育係はもう必要ないだろう？」

その言葉にアクアリーテがべそをかく。

「どうして？　どうしてそんなこと言うの？　アデラ。私たちはずっと一緒だと思ってたのに……」

「泣くんじゃないよ、アクアリーテ。出会った時に比べたら見違えるほど大人になったってのにさ」

「だって、だって、アデラがいなかったら、私どうしたらいいのか分からない」

そんなアクアリーテの肩を、アデラはしっかりと抱きしめる。

「二人とも、もう立派な大人だ。答えならいつだってあんたたちの心の中にあるはずさ。私はそう育ててきたからね」

俺はアデラの言葉に頷いた。

「ああ、答えはいつだって俺たちの中にある」

アデラの背中はそう教えてくれた。

戦えない者たちのために魔を倒し、闇を屠る。

自分が譲れないもののために命を懸けて戦うのが、倒魔人だと。

「ジーク……」

「もう泣くな、アクアリーテ。ずっと会えなくなるわけじゃないさ。そうだろう？」

「うん……きっとまた会えるよね」

アデラはアクアリーテの頭を撫でると大きく頷いた。

「もちろんさ！　こう見えても私は不死身で通ってるんだ」

「ふふ、知ってる。アデラは強いもの」

アクアリーテがようやく笑顔になる。

アデラは最後に、俺たちに倒魔人としての名前を付けた。

彼女が銀獅子姫と呼ばれるように、魔と戦う戦士の誇りを込めた異名を。

「アクアリーテ、あんたは水の女神だ。これからは水の女神アクアリーテと名乗りな。それだけの力は十分つけたからね。ハイエルフの倒魔人の中でも有数のヒーラーだ。ジークが森から連れてきた時はあんなチビ助だったのにさ。才能もあったけどよく努力したね」

「水の女神！　うん、ありがとうアデラ‼　私の大事な名前だわ。だって……アデラが付けてくれたんだもの」

そう言って、アクアリーテは再び涙ぐむ。

そんな彼女の頭を撫でながらアデラは俺を見つめた。

「ジーク。あんたは今日から獅子王を名乗りな」

「獅子王⁉」

「ああ、そうだ。私の名前から獅子を取って名付けたのさ」

「で、でも獅子王だなんて少し大仰な名前じゃないか？　アデラ」

俺が戸惑いながらそう告げると、アデラは笑った。

「言っただろう。あんたの中には何かを感じるって。この世界に必要な何かをね。あんたはいつか、あの光帝レディンを超える男に必ずなる。私はそう信じてるのさ」

　アデラの言葉を聞いて、アクアリーテが大きく頷いた。

「獅子王ジーク！　素敵な名前だわ‼　ジーク、せっかくアデラが付けてくれたんだもの、私はその名前大好きよ」

　二人にそう言われて、俺は頭を掻きながら答えた。

「獅子王ジークか。ありがとう、アデラ。この名前に恥じない男になるよ」

　そんな俺のことを、アデラは背中からギュッと抱きしめた。

　そして、俺の胸に手を当てる。

「大きな背中になった。ジーク、辛い時こそいつだってハートに火をつけな。私はそんな男が好きなんだ」

「ああ、アデラ」

　アデラは暫く俺を抱きしめると、いつも通りの笑顔を見せて俺たちに言う。

「二人とも、また会おう！」

　手を振りながら去っていくアデラに俺たちは別れの挨拶をし、その背中が見えなくなるまでいつまでも見つめていた。


　それから一年が経ち、俺たちは十七歳と十五歳になっていた。

倒魔人の中ではまだ駆け出しの年齢だが、新人の中では抜きん出ており、同じく新人の中からもう一人加わり、大きな仕事を任されるようになった。

加わったのはエルフィウスだ。

経験を積み、いずれ独り立ちしていくのが決まりだが、それまで俺たちは三人でチームを組むことにした。

俺たちは一つ大きな仕事を片付けて、俺の生まれ故郷であるベルスヴァイン王国の隣国であるエジェルアの街道を歩いていた。

向かっているのはエジェルア王国の都だ。

そこで俺たちは久しぶりにアデラに会う予定になっていた。

アクアリーテが嬉しそうに俺に言う。

「ねえ、ジーク！　もうすぐアデラに会えるのね!?」

「そうだなアクアリーテ。一年ぶりか！　俺も楽しみだ」

「うん！　私、アデラにいっぱい話すことがあるの！」

そう言って彼女はクルリと身を翻す。アデラとの再会が嬉しくて仕方ない様子だ。

もちろんそれは俺も同じだった。

俺たちの隣を歩くエルフィウスが口を開く。

「銀獅子姫アデラか。その腕は光帝レディンに並び、倒魔人筆頭を争うほどだと言うからな。俺も楽しみだ！」

「はは、エルフィウスならきっとアデラに気に入られるさ」

「ええ！　私たちが、保証するわ」

アデラは何かの調査のために、エジェルア王国の都に来ているらしい。

倒魔人の支部は各地にあるが、俺たちはアデラとそこで合流するように告げられた。

久しぶりにアデラに会える喜びから、俺たちの足取りは自然と軽くなる。

そんな中、エルフィウスは言った。

「そういえばジーク。お前は魔神ゼフォメルドのことを聞いたか？」

「魔神ゼフォメルド？」

俺が問い返すとエルフィウスは答えた。

「ああ、そうだ。先日立ち寄った支部で少し話を聞いたのだが、どうやらそう呼ばれている魔物が最近現れるようになったと聞く」

「どんな魔物なの？　エルフィウス」

アクアリーテが尋ねると、彼は支部で知った情報を俺たちに話し始める。

「まだ詳しいことは分からんが、魔神と呼ばれるだけあって、途轍もない力を持っているそうだ。お前たちも知っているだろう？　ディバインドラゴンの女王である神龍ルクディナを。彼女が治めるディバインドラゴンの王国を滅ぼし、ルクディナをも倒したと聞く。

それが本当ならとんでもなく危険な相手だ」

「神龍ルクディィナを⁉　あり得ないわ、倒魔人だってルクディィナを倒せる者なんているかどうか分からないのに」

驚くアクアリーテの言葉に俺も同意する。

「ああ、本当なのか？　エルフィウス」

「まだ真相は分からん。報告をしたのは、その時に近くにいた光帝レディンの軍らしいがな。神龍ルクディィナは人間と不可侵の協定を結んでいる。その協定の延長についてレディンと話し合う予定だったそうだが」

アクアリーテが不安げにこちらを見つめる。

「ジーク……」

国を追い出されるように去った俺の前で、レディンの話をすることに躊躇っている様子でもある。

「アクアリーテ、そんな顔をするな。アデラならもっと詳しい情報を知っているかもしれない。そうだろ？」

「ええ、そうね！　ジーク」

彼女は明るい笑顔を取り戻す。

「そうだな、二人とも」

そう言いながらエルフィウスは呟いた。

「だが、おかしなことも聞いた。襲われた場所はどこも強力な守護者がいる国や町らしい。その土地を守る守護者たちを狩るようにな。しかもそいつは突然現れたそうだ。まるでそこにいた何者かが魔物と化したかのように」

「そこにいた何者かが突然魔物に、だと？」

そう問い返すと、エルフィウスは肩をすくめる。

「すまんな。俺もこれ以上は分からん。お前たちの言う通り、早くアデラと合流しよう」

「ああ‼」

「ええ、そうね二人とも‼」

勇んで先を急ぐ俺たちが暫く街道を進むと、前から慌てた様子でこちらに逃げてくる人々が見えた。

「ジーク！」

尋常ではないその様子に、アクアリーテが俺を見る。

「ああ！　アクアリーテ、エルフィウス！　行くぞ‼」

「これは……この先で何かあったようだな！」

俺はこちらにやってくる人々に尋ねる。

「どうしたんだ⁉　何があった？」

商人らしき男が俺たちに叫ぶ。

「あ、あんたたちも早く逃げた方がいい！　エジェルア王国の都はもう駄目だ‼　早く逃げないと、あんたらも魔竜の群れの餌食になるぞ！！！」

「魔竜の群れだと？」

「ああ、そうだ！　魔竜の群れが都の近くに突然現れて、今頃はもう……悪いことは言わん！　あんたらも早く逃げるんだ‼」

そう言って、その男は俺たちが来た方向へと逃げていく。他の人々も皆同じだ。エジェルア王国の都の方角から逃げてくる。

エルフィウスは呻いた。

「奴らは縄張り意識が強い。普段は群れることなどないはずだ。それに一体でも、並みの倒魔人なら命を落としかねん相手だぞ」

アクアリーテが青ざめる。

「ジーク！　都にはアデラが‼」

「ああ、行くぞ！　アクアリーテ‼」

俺たちにとってはアデラは親も同然だ。

エジェルア王国の都で一体何が起きているのかは分からないが、きっとアデラは今戦っている。そう確信していた。

「ジーク、俺も行くぞ！」

エルフィウスも頷くと、俺たちは都へと駆ける。

逃げてきた人々の数を考えれば、殆どの都の住人はまだ取り残されているに違いない。

エジェルア王国の都を守る城壁が見えてくる。

その前には夥しい数の魔竜の姿があった。邪悪な意志を秘めたその瞳と、凶暴な顔がそこら中にある。だが、その全てが誰かに倒され、地に落ちていた。

エルフィウスは息を呑む。

「これだけの数の魔竜を……信じられん」

こんなことが出来るのは、倒魔人の中でも二人しかいないだろう。

一人は俺の父親である光帝レディン。

そして、もう一人は……

無数の魔竜の死骸の中に彼女は立っていた。

アクアリーテが安堵の声を上げて駆け寄る。

「アデラ！　良かった、無事だったのね!!」

俺も急いで彼女の傍に駆け寄った。

「一体何があったんだ!?　アデラ!!」

だが、彼女は何も答えてくれない。

いつもなら、あの笑顔で俺たちを迎えてくれるはずなのに。

アクアリーテは手にしていた杖を地に落とす。

顔は蒼白でその手は震えていた。

「嘘……アデラ、こんなの嘘よね。ねえ、何か言ってよ」

「嘘だ……そんな」

呆然としながら、喉から絞り出すように俺はそう呻いた。

アクアリーテは俺の手を握り締めると、ぼろぼろと涙を零す。

「ジーク！　ねえ、嘘だって言って！　お願い‼」

まだ現実を受け入れられずに立ち尽くす俺の傍で、アクアリーテは地に落とした杖を拾うと、何度も回復魔法をアデラにかけた。

でも、それは効果がない。

「起きて、ねえ起きてアデラ……お願いだから」

エルフィウスは静かに俺たちに言った。

「アクアリーテ、もうやめろ。これだけの数の魔竜相手に、命を燃やし尽くすまで戦ったのだろう。もう眠らせてやれ。死しても真っすぐに前を見つめている。銀獅子姫アデラ、これほどの倒魔人を俺は知らない」

アクアリーテはそれでも必死に魔法を唱える。

「嫌よ……だってアデラは私やジークのお母さんだもの。厳しかったけど、いつだって私たちに笑って……ねえ、アデラ。私たち、アデラに会いに来たのよ。私、ジークと頑張ったんだから、よくやったって頭を撫でてよ。ああ……ああああああ‼」

アデラの体に縋り付いて泣くアクアリーテ。

俺はまだ現実を受け入れられずにいた。

そんな中、エルフィウスの顔が青ざめていく。

「見ろ！　あれを……」

エルフィウスの視線の先の空には、夥しい数の黒い影がある。

彼はそれを見て呻いた。

「これで終わりではなかったのか。あの数を見ろ、数十……いや百匹を超えるかもしれん」

空を埋め尽くすようにしてこちらに向かってくるのは、魔竜の群れだ。

アデラが倒した数に匹敵するほどのその群れは、城壁からこちらを眺める人々を絶望させ、逃げ惑う人の悲鳴が城壁の内側から聞こえてくる。

「ジーク！　どうする⁉　俺たちが倒せるとしても精々十匹だろう。とてもあの数は倒し切れん！！！」

エルフィウスの言う通りだろう。

新人の中では抜きん出た成果を出している俺たちだが、まだアデラとは比較にならない。

俺はもう息をしていないアデラに尋ねた。

「アデラ、どうしたらいい？　俺たちはどうすれば……」

アデラは何も言わずに真っすぐに前を向いている。

俺は彼女の前に立って剣を構えた。

「そうだよな、アデラ。あんたなら決して逃げ出したりしない。そう俺に教えてくれたから」

答えはいつだって俺たちの心の中にある。

彼女はそう教えてくれた。

アクアリーテも前を向いて俺の隣に立った。

「ジーク、私も逃げたりしない。最後まで貴方と戦うわ。だって、アデラだったらきっとそうするもの」

戦う力のない者のために魔を倒し、闇を屠る。

それが俺たち倒魔人だから。

エルフィウスはそんな俺たちを見て頷いた。

「俺も戦おう。最後までお前たちと一緒に戦えることを誇りに思う」

迫りくる魔竜の群れが、凄まじい咆哮を上げて俺たちに向かってくる。

俺は拳を握り締めて、極限まで闘気を高めた。

霊力が真っ赤な炎のように俺の剣に宿っていく。

その時、俺は感じた。

俺のことを勇気づけるように、アデラが背中から抱きしめる感覚を。

これは幻なのだろうか。

まるで彼女の魂が俺に力を与えるかのように、手を俺の胸に当てる。

その手は白く輝き、俺には一瞬そこに白く輝く紋章が見えた気がした。

それが俺の中の何かを目覚めさせる。

俺はアデラの声を聞いた気がした。

「立派になったね。でも、あんたはまだ死んじゃいけない。私には分かるのさ、あんたは誰よりも輝く地上の星になる。ハートに火をつけな、ジーク。みんなを、アクアリーテを守るんだ」

その瞬間、俺の中で封じられていた魔力が弾けるように解放されると、霊力によって限界まで高められた闘気に火がつき、強烈な力が身に宿る。

紅蓮に輝く紋章が右手に浮かぶのを、俺は見た。

迫りくる魔竜に向けて地を蹴り、俺は突き進む。

「おおおおおおおお！！　俺の名は獅子王ジーク！　アデラの魂を継ぐ者だ‼」

都の人々を食い尽くそうと、城壁に押し寄せる魔竜の群れ。

その中に突っ込む俺に、アクアリーテが叫んだ。

「ジーク！　貴方に神の祝福を‼」

彼女の声が辺りに響いて、俺の力をさらに押し上げる。

俺たちは全力で戦った。

そして、気が付くと魔竜を全て倒していた。

エルフィウスは肩で息をしながら俺を見つめる。

「信じられん。あの数の魔竜を全て倒せるとは。ジーク、その右手の紋章は一体何なのだ？」

「俺にも分からない。ただ、あの時アデラが俺に力を貸してくれた。それだけは間違いない。みんなを、そしてアクアリーテを守れってな」

アクアリーテは静かに俺に身を寄せる。

「アデラ……」

俺たちはその後、エジェルア王国の都にある倒魔人の支部の協力も得て、手厚くアデラを葬った。

墓の前で、俺は彼女に誓った。

「なあ、アデラ。また会いに来るよ、いいだろう？」

俺は、アデラがいつもの顔で笑っているような気がした。

そして、アクアリーテと一緒に花を供える。

「アデラ、私も会いに来るから……」

涙を流す彼女の髪を俺は撫でた。

いつだってアデラがそうしていたから。

エルフィウスも花を一輪手向けると、アデラの墓標に深く礼をする。

「銀獅子姫アデラ。俺が知る最高の倒魔人よ。どうか安らかに眠ってくれ」

そんな俺たちに、支部の職員の一人が話しかける。

彼女の名前はリンダといい、アデラの最後の仕事をサポートしていたそうだ。

倒魔人ではないが、アデラからの信頼が厚かったのは、俺たちと悲しみを共にしてくれているその姿からも分かる。

「ジーク様、実はお話をしたいことがあります」

「話したいこと？」

「はい、アデラ様の命を奪ったのは魔竜ではないのです」

それを聞いてエルフィウスが問い返す。

「リンダ、それはどういう意味だ？」

「はい。これは都の者たちの話から分かったことなのですが、魔竜が現れる前に、別の魔物が突然都の外に現れたと。恐るべき魔力を持つ人型の魔物で、特徴を聞いたところ、恐らくは魔神ゼフォメルドかと。奴についてはまだ支部にも情報が少ないので、確かなことは分かりませんが、ディバインドラゴンの王国を滅ぼした魔物に特徴が酷似(こくじ)しています。魔竜の群れを召喚(しょうかん)したのも奴でしょう」

俺たちは思わず息を呑む。

リンダは続けた。

「城壁からアデラ様の戦いを見た者からの情報ですが、アデラ様が魔神や魔竜の群れと戦いを続ける中で、その右手に強烈な光を放ち始めたそうです。まるで今回のジーク様のように。あれは伝承にある英雄紋ではないかと噂が広がっています」

「英雄紋……」

俺に仕えてくれた侍女のマーニャからもよく聞かされていた。

いつか地上を救う救世主となる者が現れ、その右手には輝く紋章、英雄紋が浮かび上がると。

俺は右手に力を込める。

するとそこには、紅蓮に輝く紋章が浮かび上がった。

「あの時、アデラの魂が俺の胸に触れた気がした。その手には白く輝く紋章が見えた」

そしてそれが、封じられていた俺の魔力を解放したように思えた。

あの黒い仮面の男に封じられた魔力を。

そこでまた景色が変わった。

俺に過去を見せているジュリアンの賢者の石の力が、脳裏に何者かの姿を映し出す。

それは巨大な人型の魔物で、エジェルア王国の都から離れた場所で、ゆっくりとその姿を変えていく。

体は徐々に小さくなっていき、最後には完全な人間の姿になる。

俺の母を殺したあの黒い仮面の男に。

その右手には黒い紋章が浮かび上がっている。

男は不気味な笑い声を上げた。

「くく、くくく。ようやく手に入れたぞ、光の英雄紋を。アデラかジーク、いずれかの腕に現れるかと思ったが、やはりアデラか。ジークは仕留め損なったが、まあいい。今はアデラとの戦いで受けた傷を癒さねばならん」

男の胸には大きな傷が刻まれている。言葉通りなら、それはアデラが付けた傷に違いない。

男の黒い魔力がそれを癒そうとするが、アデラが付けた傷が白く輝き、回復を阻止しているように見えた。

仮面の男の手には黒い紋章が浮かび上がっている。

だが、それは次第に白く輝く紋章へと色を変えていく。

まるでアデラからその力を奪い取ったかのように。

男は笑みを浮かべながら、ゆっくりと仮面を取る。

そして仮面の下に隠れたその顔を見た時、俺は全てを理解した。

二千年前に起きたことの真実を。

目の前ではジュリアンが笑みを浮かべている。そしてその額にある賢者の石が輝きを見せていた。

ゾルデとフレアが戦い、シルフィはレオナールと対峙している。

ここはあの地下神殿の奥にある施設だ。

俺が過去を見せられている間、全く時が流れていないのが分かる。

「獅子王ジーク。貴方も真実を知ったようですね。二千年前に貴方たちに起きたことの全てを」

俺は剣を握る拳に力を込める。

「おぉおおおおおおお！！！」

英雄紋が今まで以上に強烈に輝く。

剣を一閃させてジュリアンを後方に退けると、俺は一気にエルフィウスと戦う仮面の男へと向かった。

爆発するような怒りが俺に強烈な力を与え、一瞬にして奴の懐に踏み込み、その仮面を切り裂く。

仮面は二つに割れ、地面へと落ちた。

「ジーク！！！」

エルフィウスが息を呑む。

その仮面の下に隠された奴の顔を見たからだ。

男は笑っていた。

「久しいな、ジーク」

「貴様か！　母上を殺して、アデラから光の力を奪った！　全てお前が仕組んだことか‼　答えろ！　レディン！！！」

その男の顔は、俺の父親のレディンの面影を残しつつ、魔神ゼフォメルドにもよく似ている。

まるで両者が溶け合い、その肉体の中に存在しているかのように。

邪悪な笑みを浮かべたまま、男は大きく後ろに距離を取って剣を構える。それを眺めながら、エルフィウスは呻いた。

「馬鹿な……奴はまさか」

フレアとシルフィも、敵と戦いながらその姿を見て叫んだ。

「レディン!?」

「いいえ、違う……魔神ゼフォメルド!!」

アデラが死に、それから七年。

俺たちは倒魔人としての仕事を果たしながらも、アデラの仇である魔神ゼフォメルドを探し続けた。

だが、あれから暫く奴は現れず、独り立ちしていったアクアリーテやエルフィウスも、まるでアデラに導かれるようにそれぞれの英雄紋を発現させた。

そして、レディンの右手には既に光の英雄紋が現れていた。

シルフィやフレアと出会ったのはその頃だ。

人々は、魔に満ちた世界を救う伝説の英雄たちが現れたと歓喜した。

倒魔人の本部は、エジェルア王国の都で人々が見たアデラの英雄紋が、彼女に匹敵する強さを持つレディンに継承されたのだろうと結論づけ、俺たちも納得せざるを得なかった。

俺を捨てた父親にも、本当はアデラと同じような、光の英雄紋に選ばれるのに相応しい熱い魂があるのだと。

そう信じて。

レディンは高慢な眼差しで俺たちを眺めると、嘲笑うかのように言った。

「愉快だったぞ、ジーク。七年経ち、アデラに受けた傷がようやく癒え、余が魔神ゼフォメルドの居場所を突き止めたと話を持ち掛けた時に、勇んで駆け付けたお前たちの姿がな」

「貴様……」

ジュリアンがこちらにゆっくりと歩きながら口を開く。

「ですが、待っていたのはレディンと無数の魔物たちだった。窮地に陥りながらも貴方たちは、強力な魔物たちを倒し、レディンに傷を負わせた。そこに現れたのが魔神ゼフォメルドです」

あの時、傷を負ったレディンに俺が放った術の爆炎が、奴の姿を消し去った。

勝利を確信した時に俺たちの前に現れたのが、魔神ゼフォメルドだ。

エルフィウスの視線が険しくなる。

「俺たちはレディンが奴と手を組み、俺たちを罠に嵌めたのだと思っていた。それがまさか……」

ジュリアンは優雅に歩を進めながら、俺たちを見つめる。

「ええ、貴方たちはそう思った。ですが違います。彼自身が魔神ゼフォメルドなのですから。倒魔人の筆頭を争い、人々に光帝と呼ばれていた彼は、自分こそがいずれ輝く紋章を手にする者だと信じていた。ところが、実際に彼の手に現れたのは闇の紋章だったのです。

誇り高い彼にはそれが許せなかった。何よりも、自分に代わって光の紋章を手にする存在がいずれ現れるということがね」

俺は拳を握り締める。

「それだけのために……たったそれだけのために、母を、アデラを殺したのか！！」

レディンは低い声で笑った。

「何が悪いのだ。たったそれだけのためだと？　誰よりも余が、光の紋章を与えられるのに相応しい者なのだ。妃や子などいくらでも替えが利く。お前から何もかも奪い、アデラに預けることでその力を目覚めさせる。それが光の紋章ならば、余が奪い取るためにな」

初めから、全てこの男の計画通りだったということか。

母の死も、俺が全てを奪われアデラに出会ったことも。

「貴様は……」

ジュリアンは言った。

「初めは髪の色が黒く変わるだけだった。ですが、彼の中に巣食う闇は次第に大きくなり、もう一つの彼、魔神ゼフォメルドを生んだ。彼は強大な魔を地上から一掃するという偽りの名目のもと、一部の倒魔人たちと共に教団と呼ばれる秘密結社を作った。そこで行われたことは、貴方たちも見た通りです。魔神に騙されているとも知らず、彼らは正義の名のもとに恐ろしい実験を繰り返した。次第に倒魔人としての誇りさえ忘れてしまうほどのね。

そして、作り出されたのが賢者の石です。倒した者の力を取り込み、己の力とする。そのための触媒として、どうしてもこれが必要だった」

ジュリアン同様、仮面の下から現れたレディンの額にも、賢者の石が嵌められている。

「賢者の石が完成し、貴方とアデラが再会すると知ったレディンは、エジェルア王国の都で計画を実行した。自身と魔竜の群れを使って限界までアデラの力を引き出した時、ついに輝きを見せたのが光の英雄紋です。光と闇、激しい戦いの中でアデラに勝利した彼は、傷を負いながらも彼女の力を手に入れた。ですが、その代わり、多くの時間とさらなる神狩りが必要になったのです。ふふ、アデラから受けた傷を癒すためにね」

ジュリアンの言葉に、フレアが怒りに震えている。

「まさか……私たちの村を襲ったのは。そんなことのために、村の人たちは！　ほむらは‼」

シルフィもレディンに牙を剥きながら叫んだ。

「エルルはそのために死んだって言うの！！？　許せない……絶対に許せない‼　お前は悪魔よ‼　レディン！！！」

精霊たちの怒りの声を聞きながら、レディンは低く笑った。

「悪魔だと？　違うな。余は闇と光を手にして神をも超えた存在となる。全てを超越した者、そのために余は生まれてきたのだ」

「なん……だと？」

俺たちの目の前で奴の右手に闇の紋章が、そして左手には光の紋章が浮かび上がる。

ジュリアンが俺たちを見つめている。

「二千年前に起きるはずだったのは、神をも超える存在の誕生。そこから新しい世界が始まる。ですが、彼は気が付いたのです。奪ったはずのアデラの力に欠損があることを。そして、それが誰の中にあるのかということもね」

俺は思い出した。

あの時、俺の胸に触れたアデラの魂が、俺の中の力を目覚めさせた。

ジュリアンが微笑んだ。

「獅子王ジーク、貴方は特別なのです。炎の紋章を持ち、光の紋章を持つアデラからも愛された。残りの光の欠片は恐らくは貴方の中にある。レディンはかつてそれを奪うために貴方たちと戦い、激闘の中で共に命を失った。その断末魔が貴方たちに呪いをかけた。その後、貴方たちは英雄として称えられ、魔神と手を組んだとされたレディンの名は、歴史から姿を消した。教団に属した倒魔人たちも事実を知り、多くの者が自害しました。レディンと貴方たちの最期の戦いで多くの強力な魔物は死に、世界に平和が訪れた。倒魔人と呼ばれる者たちの必要がなくなるほどの、長い平和がね」

レディンの名が今に伝わっていないのはそのためか。

「ですが、レディンの中の魔神ゼフォメルドは完全には死んでいなかった。僅かに生き残っていた教団の手の者によってここに運ばれたのです。長い時を経て、貴方たちとの戦いの傷を癒し、復活する時を待つことになった」

ジュリアンはゾルデを眺めると続けた。

「ゾルデは彼の復活だけで十分だと考えた。ですが私は違います。戦いで命を燃やし尽くした貴方たちに、最後の力を振り絞って転生の秘術をかけたのは、水の女神と呼ばれたアクアリーテです。彼女は、またいつか貴方たちに出会うことが出来る日を強く願った。そして再び闇が世界を覆う時は、それを防ぐために戦うことを誓って。その強い願いが、転生の秘術を可能にしたのです。ハイエルフでさえ、成功した者がいない術式だと聞きますからね。彼女ほどのヒーラーでなければ、使うことなど出来なかったでしょう」

俺は思わず息を呑んだ。

「アクアリーテが俺たちを……」

確かに、ハイエルフにはそんな秘術があると聞いたことがある。

「愚かですね。たとえ転生が成功したとしても、術者はその記憶を失ってしまうほどの秘術だと聞きます。彼女がこの世界に転生していたとしても、決して貴方たちを思い出すことは出来ないというのに」

それでも、彼女は俺たちに生きて欲しかったのだと思うと、俺は拳を握り締めた。

「アクアリーテ……」

「ふふ、私はこの施設に残された記録と、眠っているレディンの記憶を辿ることで全てを知った。もし転生の秘術が成功しているのならば、魔神ゼフォメルドが復活するこの時代に、必ず貴方たちは再び現れる。私はそう確信していました。事実、エルフィウスは現れ、そして今、獅子王ジーク、貴方もここにいるのですから」

ジュリアンは、両手に光と闇の紋章を輝かせるレディンを眺めながら、恍惚とした表情で語る。

「見てみたいと思いませんか？　新たなる創造主の誕生を。光と闇の紋章を手にした者は、それほどの力を持つ存在となる。賢者の石が、私にそう告げているのです」

オリビアは涙を流しながら叫んだ。

「そんなもの見たくないわ！　貴方はそんなもののために、お父様を犠牲にしたの⁉」

俺も大きく頷いた。

「レディン、お前にそんな力を持つ資格はない。己の傲慢さゆえに闇に堕ち、多くの命を犠牲にしてきたお前にはな‼」

こんな男が作り上げる世界など地獄でしかない。

アクアリーテは今どこにいるのだろう。

幸せに暮らしているのだろうか。

「アデラ……」

俺はアデラとの約束を守れなかった。

二千年前、アクアリーテを守ることが出来なかった。

あいつは俺の家族だ。

全ての記憶を失っているとしたら、たとえ出会っても俺のことが誰だか分からないだろう。

でも、そうだとしても、あいつが生きているこの世界を俺は必ず守り抜く。

そして、ティアナやロザミア、チビ助たちが生きているこの世界を。

「おおおおおおおおお！！！」

俺の紋章が強烈な光を帯びていく。

エルフィウスの紋章も、今までにないほどの輝きを見せた。

「ジーク！」

「ああ、エルフィウス‼」

俺はエルフィウスに頷くと剣を構えた。

「レディン、俺はお前を倒す！　今度こそ、必ずな‼」

レディンは俺を冷酷かつ傲慢な目で眺めている。

ジュリアンが言った。

「素晴らしい力です。それでこそ過去の記憶を見せた甲斐がある。ですが出来ますか？

水の女神はもういない。いくら貴方たちでも、二人では我々には勝てません。それを教えてあげましょう」

その瞬間、この庭園の入り口に聳え立っていた二本の柱の内の一本が、強烈な輝きを見せた。

同時に、ジュリアンの背に白銀の翼が生える。

俺と闇の術師である奴が戦った時に、ミネルバの背に生えたものに似ているが、それよりも遥かに大きく広がっている。

ジュリアンは俺を見つめて微笑んだ。

「竜族の頂点を極めたディバインドラゴンの女王である、神龍ルクディィナ。賢者の石を使えば、神と称された龍の力でさえ、完全に我がものに出来る。言っておきますが、あの時のミネルバと同じだとは思わないことです。これは人魔錬成を超えた、神との融合なのですから」

奴の背中の翼が大きく羽ばたき、上空へと舞い上がった。

「貴方たちに神龍の歌を聞かせてあげましょう」

上空でジュリアンは大きく翼を広げる。

「これは……」

フレアも空を見上げる。

美しい歌声が辺りに響き渡る。それはジュリアンの口から紡ぎ出されてはいるが、人語ではない。

古代竜族の言語だ。

すると、地面に巨大な魔法陣が描かれた。赤い光が地面から溢れ出て、それが竜族の文字を描き出していく。

強力な付与魔法がレディンにかかるのが分かった。

そして、魔法陣の中央にいる俺とエルフィウスの体が束縛された。

ジュリアンが勝ち誇ったように俺たちに言った。

「この日のために用意してきた術式です。僅かな間ではありますが、貴方たちの動きを完全に封じるためのね」

その右手には黄金の槍が握られている。

あの錫杖が姿を変えたものだ。

前からレディンが迫り、上空からジュリアンが投げた槍が迫ってくる。

レディンが邪悪で傲慢な笑みを浮かべる。

「くくく、終わりだジーク。余が作る新しい世界の礎になるが良い！！」

次の瞬間、俺は奴の剣に胸を貫かれていた。

６　ティアナの予感

レオンたちが神殿に向かう少し前、国王との会食を終えたティアナたちは、まだ国王との話があるというレオンに別れを告げて、彼らの宿舎に帰ってきていた。

ロザミアと一緒に子供たちを寝かしつけるティアナは、ベッドの中で嬉しそうに寝言を言うミーアとリーアを見つめていた。

「ふぁ、楽しいのです。いっぱいいいっぱい楽しいです」

「リーアもです。レオンお兄ちゃんともっと一緒に遊ぶです」

夢の中で小さな手をレオンに向かって伸ばしているのだろうか、にぎにぎとしている様子が愛らしい。

獣人の血を引く証である大きな耳と尻尾が特徴的な二人だ。

そんな双子(ふたご)の頭を撫でながらティアナは微笑む。

「二人ともよっぽど楽しかったのね」

キールやレナも満足そうな顔で眠っているのが見える。

「もう俺食べられないぜ。むにゃ……」

「レオン、私ともっと踊りましょう」

楽しい夢を見ているのだろう。ミーアとリーアの寝言が呼び水になったかのように、キールとレナもそれぞれ寝言を呟いている。

「もう、貴方たちまで」

そんな弟や妹たちを見ていると、ティアナは嬉しかった。

（レオンさん、ありがとう。私、今とっても幸せです）

そして、ベッドの端に座って神に祈りを捧げる。

約束通り、レオンが帰ってくるのを待ちながら双子と一緒にベッドに入っているロザミアは、少し眠そうな顔で翼をパタパタとさせる。

白い翼を持つ翼人であるロザミアのその姿は、まるで天使のようだ。

「うむ、私も楽しかった。明日は大事な慰霊祭だ、主殿も早く帰ってくるといいのだが」

そんなロザミアを見て、部屋の入り口に立っている翼人の王子アルフレッドが笑った。

レオンの代わりに皆を宿舎に送り届けてくれたのだ。

「はは、俺たちもさっき帰ってきたところだぞ。少し込み入った話があるようだからな、時間がかかるだろう。安心しろ、レオンが帰ってくるまで俺がここにいる。ロザミィは子供たちと一緒に眠っているといい」

昔のように自分を子供扱いするアルフレッドに、ロザミアは頬を膨らませた。

「むぅ！　殿下、私はもう子供ではない。ちゃんと起きて待っていられる」

そう言って胸を張るロザミアの姿が、まさに子供のようで微笑ましく、ティアナとアルフレッドは思わず顔を見合わせて笑う。

戦う時は凛々しい元聖騎士のロザミアだが、そのギャップが彼女の魅力でもあるだろう。

そんな中、ティアナはふと思いついたようにベッドから立ち上がる。

それを見てロザミアが尋ねた。

「どうしたのだ？　ティアナ」

ティアナは微笑みながら答える。

「ええ、レオンさんが帰って来た時のために、お夜食を作っておこうかなって思って。ロザミアさんもそうだけど、レオンさんもいっぱい食べるから。それに明日作るお料理で少し試してみたいこともあるんです」

料理と聞いてロザミアが目を輝かせた。

「ティアナ、夜食なら私も食べたいのだ！　それに明日の料理とは一体何なのだ？」

興味津々のロザミアを見て、アルフレッドは呆れたように天を仰ぐ。

「まったく、食いしん坊なのは子供の頃から変わらないな」

「むぅ！　ティアナの料理が美味しいのがいけないのだ」

それを聞いてティアナはくすくすと笑うと、ロザミアに手を差し伸べる。

「分かりました。ロザミアさん、いつもみたいに味見を手伝ってくれますか？」

「うむ！　ティアナ」

満面の笑みでそう答えるロザミアに、アルフレッドは子供たちは任せておけといった様子で肩をすくめた。

ティアナは翼人の王子に頭を下げると、ロザミアと一緒に、部屋に用意されている厨房へと向かう。部屋に戻ってすぐ研いでおいた米が、水に浸されて釜に入っている。

「陛下との会食は夕方でしたし、その後も大浴場でみんなで汗を流しましたから、レオンさんが帰ってくる頃には少しお腹も減ってると思って」

「そうだなティアナ。大浴場は楽しかった！」

「ええ、本当に！」

レオンが召喚した大きな水の精霊が作り上げた温泉で、国王と寛いだ時間を思い出して、二人は思わず笑顔になる。

子供たちも楽しそうに大はしゃぎだったし、その前に食べたアスカの料理も絶品だった。

ロザミアはそんなことを思い出しながら、少し真顔になってティアナに尋ねる。

「主殿はきっと将来、この国の大貴族に取り立てられるだろう。少なくともオリビア王女やミネルバ将軍はそれを望んでいる。クラウス殿下やその側近のセーラもな」

ティアナはロザミアの言葉を聞きながら竈に火をつける。

「ええ、きっとそうなると思います。レオンさんは本当は私たちと一緒にいていいような人じゃないから」

寂しそうに、でもレオンにそうなって欲しいと願っているような顔で、ティアナはロザミアに答えた。

ロザミアはそんなティアナの横顔をじっと眺め、ふぅと溜め息をついた。

それからいつものように明るい表情になる。

「心配することはない。主殿はたとえどんなところにいても、ティアナたちを必ず連れて行く」

「ロザミアさん……」

「私には分かるのだ。ティアナと主殿は何か強い力で繋がっていると」

そして悪戯っぽく笑うとウインクした。

「もちろん私もな！　ティアナと私で主殿の子供をたくさん産むのだ。そしてずっとずっと、みんなで暮らしたい！」

大きな胸を揺らしながら大胆な発言をするロザミアを見て、ティアナは真っ赤になる。

天使のようなロザミアと、清楚な美貌を持つハーフエルフのティアナ。普通の男なら放っておかないだろう。実際に、王宮では多くの男性が二人に声をかけていた。

もちろん二人ともレオン以外に興味はないのだが。

「もう！　ロザミアさんたら」

そう言いながらティアナは胸に手を当てた。

（ずっと一緒に、そんなことが出来たらどんなに幸せだろう）

弟や妹たちの喜ぶ姿が目に浮かぶ。

「それに、主殿はどんな地位を用意されても、断るかもしれない。そうなったら今のように、冒険者としていつまでも暮らしていけたらいいな。私ももう貴族や聖騎士などという堅苦しい立場は御免だ」

「そうですね。みんなと一緒ならきっと楽しいわ！」

明るい未来を想像して、二人は再び笑顔になる。

レオンはもちろんだが、ロザミアやティアナも優秀な冒険者だ。

三人はいいチームになるだろうとロザミアは思った。

「それにしても、ティアナはどこで魔法を覚えたのだ？　オーガやあの闇の術師との戦いの後で、主殿の代わりに、ギルド長たちの治療をした回復魔法の効果は絶大だった。余程優れた冒険者パーティであっても、ティアナほどのヒーラーがいるのは珍しいだろう。父親代わりという神父殿から教わったのか？」

ロザミアの問いにティアナは首を横に振った。

「それが、よく分からないんです。でも、幼い頃から不思議と色々な魔法が使えたのを覚えてます。神父様には決して人前では使ってはいけないと止められていたんですけど。神父様が亡くなって、どうしてもお金が必要になったから……」

ティアナの答えに、ロザミアは不思議そうに首を傾げる。

「では、誰にも習っていないのか？　不思議なこともあるものだな。だが、神父殿の言ったことも分かる。エルフの血を引く者の中には、とても強い力を持つ者もいる。それが人間に恐れられて、その者に災いをもたらすこともあると聞くからな」

「ええ、神父様もそう仰ってました」

神父の親心だろう。

そんな話をしていると、釜の蓋の端から蒸気が漏れ出し、美味しそうな匂いが漂ってくる。

ロザミアは幸せそうな顔でほぅと溜め息をつく。

「はぁ。炊き立てのご飯が美味しすぎて、この匂いだけで幸せになる！　早く炊けたらいいのに」

「ふふ、ロザミアさんたら」

先程までの話を忘れたかのように、すっかり料理に夢中になる二人。暫くすると美味しそうなご飯が炊けた。

アスカと一緒に何度もヤマトの料理を作っているティアナは、米を炊く火加減をすっかりマスターしたようで、釜の蓋を開けると、白いご飯の粒がしっかりと立っており艶々と輝いている。

　それを木製のしゃもじでかき混ぜる。

「アスカさんたちが作ったお米って本当に美味しいんですよね。ジェファーレント伯爵夫人にたくさん分けて頂いて良かったわ」

　ヤマトの食材や、釜やしゃもじなどの料理器具は、伯爵夫人とその娘のエレナが切り盛りするジェファーレント商会から手に入れたものだ。

　食材はそのどれもがしっかりと吟味されており、最高の品質である。

「ん～！　本当にいい香りだ」

　そう言ってロザミアはうっとりとする。そしてティアナに尋ねた。

「一体何を作るのだ？　ティアナ」

「ええ、ロザミアさん。お夜食ですから簡単に作れるものを、と思って。それにレオンさんたちのお弁当にもいいものはないかって、アスカさんに教わった料理があるんです。簡単なのでロザミアさんも一緒に作りましょう！」

「わ、私も一緒にか？　出来るだろうか」

　ちょっと不安そうなロザミアにティアナは頷く。

「まずは私がお手本を見せますね」

そう言いながらティアナは手を綺麗に洗う。それから、しゃもじを使って少し釜からご飯を取ると、それを両手で器用に握った。

程なく、竹の皮の上にそれが盛り付けられて、ロザミアの前に置かれる。

「はい、出来ました！　ね？　簡単でしょう」

ロザミアは竹皮の上に置かれたものを見て首を傾げた。

「これでもう出来上がりなのか？　ティアナ」

「ええ、ロザミアさん。食べてみてください。おむすびって言うんですって」

ティアナに促されて、ロザミアは竹皮の上からほかほかのおむすびを手に取って眺める。

「はうぅ、白いご飯といったらやっぱりおかずが欲しくなるのだが。味がしないのではないか？」

そう言いながらも、大きな口を開けておむすびを齧る。

「これは……」

「ね、美味しいでしょ？」

ティアナの言葉にロザミアは大きく頷いた。

「うむ！　ほかほかで、ほのかに塩味が利いていてとても美味しい‼」

彼女の反応を見てティアナは嬉しそうに笑う。

「これを見てください。アスカさんたちが使っている塩なんですって。これを程良く使うと、只のご飯なのにとても美味しくなるんです。この竹の皮で包むと香りも良くて、お弁当にもなるんですって」

ティアナの手元の皿には塩が盛られている。

ロザミアはもう一口おむすびを齧って、パタパタと翼を羽ばたかせた。

「んむ～、幸せなのだ」

満足げなロザミアを眺めながら、ティアナは四角い入れ物を取り出すと、そこから取り出した野菜を切って、おむすびを載せた竹皮の脇に並べる。

「ロザミアさん、良かったらこれも一緒に食べてみてください。おむすびによく合いますよ」

「ん？　なんなのだこれは」

「きゅうりの糠漬けです。アスカさんに糠床を分けてもらって作ったんですよ。陛下にお出しした瓜の糠漬けも美味しかったですけど、きゅうりもとっても美味しくて。ご飯によく合いますから」

ティアナに勧められて、きゅうりの糠漬けをぱくりと口にするロザミア。

パリパリという小気味のいい音が、辺りに響く。

「ん～！　やっぱり素朴で美味しいな。それにとても歯ごたえがいい」

そして、今度はおむすびをあむっと食べる。

「うむ！　おむすびにとてもよく合うぞティアナ！　はぁ～、単純な料理なのに、ヤマトの料理はどうしてこんなに美味しいのだ」

「ふふ、ほんとですね。ヤマトの料理は、素材をしっかりと吟味してその味を生かしていますから。やっぱり、あの鰻のヤマト焼きは絶品ですけど、他の料理も美味しいですもんね」

ロザミアは大きな口でおむすびを頬張りながら答える。

「まったくだ！　あの鰻ときたら、白い身に脂がのってふんわりとして、口の中で蕩けるような美味しさだからな。それにパリッと焼いた皮と甘辛いタレがほんとにもう！　主殿と一緒に作ったヤマトオオタケと山菜の混ぜご飯も最高だったな！」

「ええ、良かったら今度はあの混ぜご飯のおむすびも作りませんか？　あの時みたいに森の中でたくさんきのこや山菜を採って、きっと楽しいですよ」

「うむ！　子供たちも喜ぶな」

二人はレオンと一緒に森に入って作った料理を思い出して、楽しい気持ちになる。

「ティアナ！　私にもおむすびの作り方を教えてくれ。やってみたいのだ！」

「ええ、もちろん！」

ロザミアはティアナのアドバイスを聞きながら、一生懸命おむすびを握る。

「食べてくれる人への愛情を込めて握るのがコツだって、アスカさんが言ってました」

「う、うむ！　そうなのだな」

剣の道は天才的であるロザミアだが、料理には少し不器用なところが愛嬌がある。頬にご飯粒をつけながらも、初めての料理に目を輝かせていた。愛情を込めてせっせとおむすびを握る。

そんな中、子供たちが完全に寝付いたのを確認したのだろう、アルフレッドが厨房へと入ってくる。

「子供たちはよく眠っている。夜食とやらの準備はどうだ？　そう言えば少し小腹も空いたのでな」

それを聞いてロザミアがにっこりと笑う。

「殿下も案外食いしん坊なのだな。今、私もティアナと一緒に作っている」

「ロザミア、お前がか？」

剣の道しか知らない元聖騎士のロザミアが作ったと聞いて、目を丸くするアルフレッド。

そんな翼人の王子にロザミアは胸を張る。

「心を込めて作ったのだ。これが主殿の分、そしてこっちが殿下の分だ」

竹皮の上には大きな二つのおむすびが載っている。

ティアナの握ったものに比べると少し大きくて不格好だが、ロザミアにとっては愛情を込めて握った初めての料理だ。

「殿下、食べてみてくれ！」

「お、おう……」

差し出されたおむすびを恐る恐る手に取るアルフレッド。期待に満ちたロザミアの眼差しに気圧（けお）され、それを口にする。そして、目を見開いた。

「どうだ！　殿下⁉」

「これは！　中々美味いな‼」

「本当か‼」

「ああ、ほんのりとした塩味がとてもいい。まさか異国でお前が作った料理を食べる日が来るとはな」

そう言っておむすびを平（たい）らげるアルフレッドを見つめながら、ロザミアは嬉しそうに大きく翼を羽ばたかせた。それからティアナの手を握る。

「ティアナ、私にもっと料理を教えてくれ！　主殿や殿下に他にも私の料理を食べてもらいたい」

「ふふ、はい。もちろんです！」

余程嬉しかったのか、またレオンのためにおむすびを握り始めるロザミア。彼女を眺めながらアルフレッドは、ティアナにそっと礼を言う。

「ティアナ、お前に感謝する。俺はあいつに戦うことぐらいしか教えてやれなかった。だが、レオンやお前たちのお蔭であいつも随分変わった。これからもあいつのいい友人でいて欲しい」

「はい！　こちらこそ」

ロザミアはおむすびを一つ握り終えると、うずうずしたように声を上げる。

「主殿は何をしているのだ。早く帰ってきて私が作ったおむすびを食べて欲しいのだ！」

ティアナも微笑みながら同意する。

「ほんとに遅いですねレオンさん。もう帰ってきてもいい頃なのに」

そう言って先程握ったおむすびを眺める。レオンとずっと一緒にいられたらいいと願いを込めて握ったものだ。

ティアナは自分の手を見つめた。そして、ふと最後にレオンと別れた時のことを思い出す。

国王の間を出た廊下で、レオンの手を握り締めて、『私待ってます！　待ってますから』と、そう言って強くレオンの手を握り締めたことを。

ティアナは不思議な既視感を覚えた。

（昔、誰かに同じことを言った気がする。私待ってるって……ずっとずっといつまでも）

でも、その相手とは二度と会うことが出来なかったことも。

だが、その相手が誰なのか思い出せない。

ティアナはエプロンを外すとロザミアたちに申し出る。

「あ、あの……私、レオンさんを迎えに行ってきます！」

突然のティアナの言葉に、ロザミアとアルフレッドは顔を見合わせた。

「急にどうしたのだ？　ティアナ」

「レオンのことだ、心配することはない。直に戻ってくるだろう」

二人のその言葉にティアナは首を横に振った。

「行かないといけない気がするんです！　そうしないとレオンさんにもう二度と会えない気がして……」

尋常ではないティアナの様子に、ロザミアはアルフレッドを見る。

「どうしたのだ？　本当に変だぞティアナ」

「あ、あの馬鹿ですよね、私。自分がおかしなこと言ってるって分かってるんです。でも、急に不安になってしまって。レオンさんがもう帰ってこないんじゃないかって」

アルフレッドはジッとティアナを眺めると、ロザミアに言う。

「分かった。それでティアナの気が済むのなら、行ってくるがいい。安心しろ、子供たちのことは俺が責任を持つ。だが一人では心配だ。ロザミア、一緒についていってやれ」

「いいのか？　殿下」

アルフレッドは頷いた。

「人は幸せすぎるとふと不安になるものだ。ロザミアと一緒にレオンの顔を見れば、ティアナの心も晴れるだろう。そうだ、せっかくなら二人で握ったそれも持って行ってやれ。レオンのことだ、国王と小難しい話をして、今頃丁度小腹も減っているだろうからな」

翼人の王子のその言葉にロザミアは大きく頷く。

「うむ！　分かった。きっと主殿も喜ぶ」

ティアナも深々と頭を下げた。

「ありがとうございます！　アルフレッド殿下」

ティアナは二人で作ったおむすびを急いで竹皮で包むと、大事にそれを手に取った。

そしてロザミアと共に部屋を出る時に、もう一度アルフレッドに頭を下げる。

「行ってきます！」

「殿下、ありがとう！」

「ああ、しっかり渡してこい」

二人を見送った後、アルフレッドは竹皮に入り切らずに残された二つのおむすびを眺める。

一つはとても綺麗に三角に握られたもので、もう一つは少しいびつだが、丸く愛嬌のある形をしている。

ティアナとロザミアがレオンのために心を込めて握ったものだということは、アルフレッドにも容易に想像がつく。

「獅子王ジークか。まったく罪な男だ、二千年前の伝説の英雄も、乙女心に関してはひどく鈍感だからな」

そして肩をすくめると、愉快そうに笑みを浮かべた。

一方で、部屋を出たティアナとロザミアは、王宮の廊下をレオンたちがいる国王の間へと向かっていく。

一緒についてきてくれるロザミアと先程のアルフレッドの言葉で、ティアナの不安も少し和らいだ。

自分に言い聞かせるように心の中で思う。

（そうだわ、アルフレッド殿下が仰るように、きっと幸せだからこんなことを。私、馬鹿よね）

ついてきてくれたロザミアにも改めて礼を言う。

「ロザミアさん、一緒に来てくれてありがとう」

「気にするなティアナ。私もそのおむすびを早く主殿に食べて欲しいからな！」

そう言って笑うロザミアの顔を見ていると、ティアナの気持ちは穏やかになっていく。

「そうですね、ロザミアさん！」

そして、手にしたおむすびの入った竹皮にそっと手を当てる。

（きっといつもみたいに食べてくれるわ。レオンさんともう会えないなんて、あるはずがないもの）

ティアナはそう思った。

王宮の中を進むには要所で身分証が必要になるが、レオンが特級名誉騎士の称号を受けたこともあり、その連れであるティアナたちはオリビアから特別な身分証を渡されている。

そのお蔭で王宮の中を進むのにも苦労はしない。

だが、国王の間に繋がる廊下にやってくると、それまでとは違い、そこには物々しい警備が敷かれていた。ロザミアはそれを見て訝しげな顔をする。

「一体どうしたのだ？　主殿と別れた時はこんな様子ではなかった気がするが」

「え、ええ。ロザミアさん」

その警備の様子に、ティアナの心の中でまた不安が頭をもたげる。

「……何かあったのかしら」

「うむ。警備の兵士に聞いてみるとしよう」

ロザミアは、警備に当たっている兵士に話しかける。

「私はロザミア。特級名誉騎士であるレオン殿の連れの一人だ。王宮の中を自由に移動出来る許可書をオリビア殿下から頂いている。今、レオン殿が陛下にお会いしている最中なのだが、急用があり会いに来たのだ」

今は冒険者だが、元聖騎士らしく凛とした声でそう尋ねるロザミアは、ティアナにとっても心強い。

（ロザミアさんがいてくれて良かった）

ティアナ一人では、やはりまだ王宮の中は気後れしてしまう。

そんな中、ロザミアの急用だという言葉を聞きつけたのか、通路の少し奥から立派な身なりの騎士がやってくる。

「どうした？」

「は、はい、ギリアム様。この者たちが急用があり、ここを通りたいと申しまして。いかがいたしましょう？」

ギリアムと呼ばれたその騎士が、ここの警備に当たる兵士の中で一番身分の高い存在だということは、周囲の兵士の態度からも明らかだ。男は尊大な態度でロザミアを見下ろす。

「急用だと？　一体何の用があると言うのだ。怪しい奴め。身分証を見せろ」

国王との謁見が終わり部屋に帰った後、ロザミアとティアナはドレスを脱ぎ、いつもの服装に戻っている。

特に、まるで冒険者のような恰好をしているロザミアを見るその男の目は、嘲りに満ちていた。

ロザミアはギリアムの態度に怒りを覚えつつも、ティアナのためにそれを抑えて身分証を差し出した。

「怪しい者ではない。先程の衛兵にも伝えたが、私たちは特級名誉騎士であるレオン殿の連れだ。急な用事で、我が主であるレオン殿に会いたいだけだ」

「レオン……特級名誉騎士だと？」

ロザミアの言葉にギリアムの目が鋭く光る。

それは好意的な眼差しではない。忌々しげにロザミアを見下ろしている。

「あの冒険者風情か。下賤の身でありながら特級名誉騎士などと、思い上がりおって」

まるで唸るようにそう呟くギリアムに、ロザミアの目も鋭くなる。

王太子クラウスの主催したあの舞踏会でのレオンの華々しい活躍を見て、彼の存在を忌々しく思っている者たちがいることは、ロザミアも承知している。

ましてや、国王ゼキレオスによって正式に特級名誉騎士の栄誉を受けたことで、妬む者もいるだろう。

このギリアムという男もその一人に違いない。ロザミアはギリアムを見上げて静かに口を開く。

「主殿を愚弄することは、この私が許さない」

殺気にも似た気配がロザミアの体から立ち上る。

ギリアムは嘲るようにロザミアに言い放った。

「ほう、許さないだと？　ならばどうする。こんなところで剣を抜けば、貴様は重い罪に問われるぞ」

オリビアからの特別な身分証のお蔭で、ロザミアは武器の携帯を認められているが、確かにこんなところで抜刀すれば処罰を受けるに違いない。それが分かっていて挑発をしているのだろう。ロザミアを、そしてその主であるレオンを貶めるために。

ティアナは思わず声を上げた。

「私たちはこれをレオンさんに渡したいだけです！　お願いです、通してください‼」

祈るようにそう言ったティアナの体を、ギリアムが引き寄せた。

そしてティアナの顔に、下卑た笑みを浮かべた顔を近づける。

「舞踏会で見たが美しい女だ。だが所詮、貴様も下賤な冒険者、信用など出来ん。どうしても通りたいと言うのなら、この服の中に何も隠していないかどうか確かめてやらねばならんな。くくく」

そう言ってティアナの体を無造作にまさぐる。

「いやぁあああ‼」

清楚な顔を歪めて身をよじるティアナの手から、竹皮に包んだおむすびが転げ落ちると、ギリアムはそれを無残にも踏みつぶした。

「何を持ってきたか知らんが、貴様らのような下民どもが持ってきた物など、ゴミほどの価値もない」

悲鳴を上げるティアナの姿と、レオンへの思いを込めて二人で握った大切な物が踏みにじられたのを見て、ロザミアの怒りが爆発した。

「貴様ぁあああ‼　ティアナを放せ‼」

ギリアムの挑発に乗り、ロザミアが腰の剣を抜こうとしたその瞬間――

銀色の闘気を身に纏った何者かが、凄まじい勢いでやってくると二人の間に割って入る。

その姿は可憐にして華麗。まるで舞うように鮮やかに剣を抜き、細い剣先をギリアムの喉元に突き付けていた。美しいが、氷のように冷たい目でギリアムを射抜いている。

「死にたくなければその子を放しなさい。反吐が出るわ。我が黄金騎士団の面汚しめ！」

侍女のような服装をしながらも帯刀、そして、こんな場所での抜刀まで許されている人物と言えば一人しかいない。

王太子クラウスの侍女でありながら黄金騎士団の副長でもある、舞踏侍女と呼ばれるセーラだ。

ラビトルアス族の特徴である長いウサ耳が揺れている。

ロザミアとティアナは彼女を見て声を上げた。

「セーラ！」

「セーラさん！」

そして、この場所の警護(けいご)に当たっている兵士たちは、一斉に敬礼(けいれい)をして彼女を迎える。

「セーラ様‼」

「どうしてここへ？」

セーラはギリアムに剣を突き付けたまま、静かに口を開く。

「明日の慰霊祭の警護の件で、少し陛下にお伺いしたいことが出来たの。クラウス様の命でやってくればこの有様。ここの警備の責任者はどうやらギリアム、貴方のようね。これはどういうことか説明してもらおうかしら？」

鋭い眼差しのセーラに問い詰められて、ギリアムはティアナの体を腕に抱いたまま、後ずさる。

「セ、セーラ様……これは。こ、この者どもが悪いのです。我らの言うことも聞かず、この先へと進もうとするので、私は。大体、こんな冒険者風情が陛下のおられる場所に近づくなど、許されるわけもない‼　あんな男やこんな下賤な者たちが！」

思わず最後に醜い本音が出たギリアムの喉元に、セーラの剣先が僅かに食い込んで、そこから血が流れる。

「下らない。レオンへの嫉妬ね、浅ましい男。もう一度言ってみなさい。私が罰しなくても陛下が貴方を罰するわよ。特級名誉騎士であるレオンはいわば陛下のご友人。その連れである彼女たちもまた陛下の大切な客人なのだから。貴方のように、身分だけにこだわってそれを振りかざす人間に、我が黄金騎士団の団員の資格はない。ここの警備の責任者は私が引き継ぐわ、早くこの恥知らずを連れて行きなさい‼」

「「はっ！　セーラ様‼」」

セーラのその言葉に、周囲の兵士たちはギリアムを捕らえ連れて行く。

「お、おのれ！　ルクトファイド家の女狐め！　クラウス殿下の寵愛をいいことに‼」

「見苦しいわね。とっとと消えなさい、直に罰が下るわ。覚悟しておくことね」

惨めに引っ立てられながらも、なお罵声を上げるその姿に、セーラは肩をすくめた。

そして、先程とは打って変わって、優しい目でティアナとロザミアを見つめると頭を下げた。

「ごめんなさいティアナ、ロザミア。恥ずかしいわ、黄金騎士団の中にもあんな男がいるなんて。シリウス団長に申し出て、入団の時の選別をもっと厳しくする必要がありそうね」

ティアナは首を横に振るとセーラにお礼を伝えた。

「ありがとう、セーラさん。助かりました！」

ロザミアも剣から手を放すと頷く。

「セーラのお蔭で助かった。感謝する！」

「助かったのは、あの男の方よ。ロザミア、貴方が本気で戦えばレイアに匹敵する力を持っている。彼女からそう聞いているもの」

「うむ。だが、もし私が剣を抜けば、主殿にまで迷惑がかかっていたかもしれない」

そう言って少ししょげ返るロザミアを眺めながら、セーラは笑った。

「レオンが貴方たちのことで、迷惑だなんて思うわけないわよ。家族のために玉座の間で王弟である大公に剣まで抜いた男よ。あの時は肝を冷やしたんだから」

それを聞いてロザミアも思わず笑顔になる。

「主殿らしいのだ」

「そうね。レオンのそんな馬鹿なところが好きなのよ」

権謀術数が渦巻く王宮の中で、セーラにとってレオンはとても新鮮に思える相手だ。

舞踏会での『薔薇の武舞踏』で剣を交え、一緒に踊った時から気になっている相手でもある。

思わず本音が出てしまったセーラは、赤面すると慌てて咳払いをして、二人に問いかける。

「こほん。でも、二人ともどうしたの。あの後、部屋に戻ったのではなくて？」

セーラの問いにティアナが答える。

「はい、実は……」

ティアナの話を聞いて、セーラは床で踏み潰されたおむすびを眺めた。

「そうだったの。それは悪いことをしたわね」

ロザミアもしゅんとして、潰れてしまったおむすびを悲しげに見つめる。

「主殿のために、ティアナと二人で一生懸命作ったのに……」

そんなロザミアの手をティアナが握る。

「レオンさんと会ったら部屋に戻って、また一緒におむすびを作りましょう」

それを聞いてロザミアは明るい笑顔を取り戻す。

「そうだな、そうしようティアナ！」

「ええ！」

セーラはそんな彼女たちを眺めながら頷くと提案する。

「お詫びに私が、レオンのところまで同行するわ。私も明日の慰霊祭の警備の件で、陛下に確認しておきたいことがあるの。クラウス様の命で、丁度陛下にお会いしに行くところだから」

その言葉にティアナとロザミアは目を輝かせる。

「本当ですか？」

「それは助かる！」

「ええ」

力強く頷きながらも、セーラは訝しげに周囲を見渡す。

「それにしても変ね。国王の間には十分な警備が既に敷かれているわ。どうしてこんなところに警備の兵がいるのかしら。私には報告がなかったけれど、どうなっているの？」

セーラに聞かれ、近くにいた兵士が答える。

「はい、セーラ様。シリウス団長からの直接の命令です。先程団長が国王の間に向かわれまして、その時我々に、暫くは誰も通さぬようにとお命じになったのです」

「シリウス団長が？　妙な話ね。いつもなら、陛下に何か用があれば、私に言伝をするはずなのに。直接向かうなんて」

そう訝しがりながらもセーラはティアナたちと共に奥へと進む。

セーラのお蔭で国王の間まで何事もなく通ることが出来て、ティアナは胸を撫で下ろした。

そして、国王の間の奥にあるゼキレオスの執務室の前まで行くと、そこには衛兵たちの姿とオリビアの筆頭侍女を務めるサリアの姿があった。

サリアはティアナたちの姿を見ると、嬉しそうに駆け寄ってくる。

「ティアナさん、ロザミアさん！　それにセーラ様も。どうされたんですか？　皆さん揃って」

ティアナはサリアに答えた。

「ええ、レオンさんが中々帰ってこないので、心配になってロザミアさんと一緒に迎えに来たんです」

「そうだったんですね。でも、申し訳ないのですが、まだ陛下とのお話が終わっていないようで、皆さん出てこられないんです」

セーラはサリアに尋ねる。

「随分長い間話をしているようね。先程シリウス団長も中に入ったと聞くけれど」

「はい、セーラ様。シリウス様がいらしたのもだいぶ前になるのですが、それから皆様で何か話し込んでおられるのか、どなたも外に出てくる様子がなくて。それに、シリウス様が陛下と大切な話があるから、自分が出てくるまでは決して誰も部屋には入れるなと仰ったので、私もこうしてオリビア様を外でお待ちしているんです」

「団長が？　妙ね、そんな話、私は聞いてないけれど……」

セーラは閉ざされた執務室の扉を眺めながら暫く考え込むと、意を決したように言う。

「いいわ、私が責任を取ります。クラウス様の言伝も伝えなければならないもの」

そう言って、セーラは執務室の扉をノックする。

だが、まるで中に誰もいないかのように返答はない。

（どういうこと？　誰も外に出てはいないと聞いたのに。ティアナじゃないけれど、嫌な予感がするわ）

先程、ここに来た理由が妙な胸騒ぎだとティアナから聞かされた時は、気の迷いだろうと聞き流していたセーラだったが、その表情に緊張が走る。そして扉を守っている衛兵たちに命じた。

「構わないわ、扉を開けなさい」

「し、しかし、シリウス様のご命令が。許しもなくこの扉を開けたとなればお叱りを受けます」

躊躇う兵士たちに、セーラは毅然として命じる。

「罰なら私が受けるわ。無用な心配をせずに、扉を開けなさい！」

「「はっ！　セーラ様!!」」

衛兵たちはセーラの強い口調を聞いて、左右に分かれると、国王の執務室の重い扉を開いた。

そして、その扉の奥に広がる光景を見て、セーラは驚愕のあまり大きく目を見開いた。

「こ……これは。一体どういうことなの!?」

執務室の中に国王ゼキレオスの姿はない。

そればかりか、王女のオリビアやレオン、そして後から入ったはずのシリウスの姿もなかった。

部屋の中にいるのは二人の女性だけだ。銀竜騎士団の団長であり王家の血を引く公爵令嬢のミネルバと、その副官のレイアである。しかも、二人は意識を失い、床の上に倒れていた。

サリアもそんな光景を見て息を呑む。

「こ、これは一体⁉」

ティアナとロザミアは床に倒れている二人に駆け寄った。

「ミネルバさん！」

「レイア‼」

セーラも慌てて駆け寄り、ロザミアと共に二人を抱き起こすと、ティアナが回復魔法を唱える。

最初は青ざめていたその顔が、次第に生気を取り戻していくのを見て、ティアナはほっと息をついた。

「う……うう」

「こ、ここは……」

うっすらを目を開け、苦しげに息を吐く二人を見て、セーラはレイアの肩を揺さぶる。

「レイア！　これはどういうこと？　陛下は、オリビア様はどこ⁉」

そしてロザミアもミネルバに尋ねた。

「主殿もいない！　ミネルバ将軍、これは一体どういうことなのだ？」

ロザミアにそう問いかけられて、ミネルバはハッと正気に返ったように立ち上がると、剣を抜いて鋭い眼差しで周囲を見渡す。

「あの男は、シリウスはどうした‼」

美しいその横顔が怒りに染まっている。

セーラはそんなミネルバに尋ねる。

「ミネルバ様、シリウス団長がどうかされたのですか？　私たちよりも暫く前に、この部屋に入ったとサリアから聞きましたが」

「なん……だと」

ミネルバはセーラの言葉から、自分たちが暫くの間床で昏倒していたことを知る。

そして、唇を噛みしめるとセーラに答えた。

「陛下とオリビア様、そしてレオンは、この部屋の奥にある秘密の場所に向かわれた。レイアと私はここで待っていたのだが、そこにシリウスが……不覚だ、同じ王国の将軍だと油断し、奴の剣の柄を鳩尾に受けた」

レイアも口惜しそうに歯噛(はが)みすると、続ける。

「一体何故シリウス将軍が私たちを？　セーラ、奴はどこに行ったのだ⁉」

セーラは驚きを隠し切れないまま答えた。

「シリウス団長が？　信じられないわレイア……それに、貴方たちが最初にこの部屋に入って以降、ここから出た者は誰もいない。サリアに確認済みよ」

彼女の答えにレイアは部屋の奥を見る。

「まさか……ミネルバ様」

「ああ！　レイア」

二人は顔を見合わせると、執務室のさらに奥の書斎(しょさい)に続く扉へと走る。

そして書斎へと駆け込んだ。ティアナたちも慌てて後に続く。

国王の書斎に入り、呆然と立ち尽くすレイアにセーラは尋ねた。

「一体どうしたというの？　レイア！」

そこにも国王たちの姿は見当たらない。だが、代わりに、壁際にある古びた書物が幾つも並べられた本棚(ほんだな)がずれていて、そこから奥へ続く通路の入り口が見えた。ゼキレオスやレオンたちがここから地下神殿に向かった後、確かに再び閉じられた秘密の通路の入り口である。

セーラやティアナたちもそれに気が付いた。

ミネルバは低い声で言う。

「どうやらシリウスの奴、あの奥に行ったとしか思えないね……行くよ、レイア！」

「はい！　ミネルバ様」

レイアはミネルバの言葉に、ぽっかりと不気味に空いた通路の入り口を睨むと頷いた。

ミネルバは通路の奥に進む前に、セーラに命じる。

「セーラ！　緊急事態だ。本来ならば陛下のご命令が必要になることだが、三大将軍の一人ミネルバの名において、以降の黄金騎士団の指揮をお前に任せる。王太子であるクラウス様を安全な場所に避難させ、この部屋に通じる通路を封鎖しろ。気に入らないが、鷲獅子騎士団を束ねるレオナールにも連絡し、教皇であられるジュリアン様も避難させるように伝えてくれ」

「分かりました、ミネルバ様！　私はすぐにクラウス様のもとに、その後黄金騎士団の指揮を執ります。サリア、貴方はレオナール将軍に事を伝えて頂戴！　それからこのことは、国家に関わる機密事項よ、他には漏らさぬように」

「は、はい、セーラ様！」

青ざめた顔をしたサリアが部屋を立ち去った後、セーラはクラウスのもとに向かう前に、ミネルバに敬礼をした。

（何故シリウス団長がこんな真似を……一体何が目的なの？）

そう思い唇を噛むが、こうなった以上、セーラが最優先すべきなのは王太子であるクラウスの安全の確保だ。同時にミネルバの言う通り、不在となった黄金騎士団の団長の代行をする必要がある。

「ミネルバ様、どうかご無事で」

「ああ、セーラ。私は同じ三大将軍の一人として、シリウスが何故陛下の後を追ったのかを知る必要がある」

「はい、分かっています」

セーラは兵士たちにこの部屋の封鎖を命じて、クラウスのもとへと向かう。

ミネルバはティアナたちの方を向くと言う。

「ティアナ、ロザミア、ここは危険だ。それにすぐに王宮の中には非常線が張られ、誰も王宮の敷地から外に出ることは出来なくなる。お前たちは自分の部屋へ帰るんだ。あそこなら銀竜騎士団の者たちが周囲を固めている。王宮の中では最も安全な場所の一つだ、何かあればすぐに連絡がいくだろう」

しかし、ティアナは首を横に振った。

「ミネルバさん、私も一緒に行きます！　行かなくてはいけない気がするんです。子供たちのためにも……今行かないと、もうレオンさんに会えない気がして‼」

突然の申し出に戸惑いながらも、ミネルバはティアナのあまりにも真剣な眼差しに言葉を失う。

何か不思議な力をティアナから感じたからだ。優秀なヒーラーだということは、闇の術師との戦いの後、自らもジェフリーと共にティアナの治療を受けたことで、よく分かっている。

だが今、彼女から感じる力は、それとは別の何かもっと大きな力だ。

ロザミアもティアナに続く。

「私も一緒に行く。主殿に助けられた時からこの命は主殿のものだ。ティアナがそう言うのなら私はティアナを信じる！」

そんな二人を見て、レイアがミネルバに申し出た。

「連れて行きましょう、ミネルバ様。ロザミアは私に匹敵する剣士。ティアナも優秀なヒーラーです。それに、彼女たちは人狼の女王との戦いの際に、レオンのために共に命を懸けた仲。誰よりも信頼がおける者たちです。もしも、ティアナがそう感じるのならば、連れて行くべき何かがあるのかもしれない」

副官のレイアの言葉に、ミネルバは肩をすくめると、ティアナたちに告げる。

「これは国家の機密に関わる事項だ、一般人を連れて行くわけにはいかない」

そう言った後、笑みを浮かべる。

「だが、そう言っても二人とも聞きはしないね。そんな目をしてる。いいかい、これは冒険者としての二人への依頼だ。シリウスを追ってその目的を確かめる。そして陛下やオリビア様、もちろんレオンと一緒に無事に帰ってくるというのが、お前たちへの依頼内容だ。無茶はするな。約束出来るな?」

ティアナとロザミアは大きく頷いた。

「はい！　ミネルバ様」

「分かった。その依頼、必ず果たすと誓う！」

二人の返事にミネルバは意を決すると皆に言う。

「それじゃあ行くよ！」

まるで戦女神のような凛とした美しさを持つ女将軍は、立ち上がり踵を返すと、書斎のさらに奥へと続く通路に入る。

中は薄暗く、ティアナが周囲を照らす魔法を唱えた。

四人の頭の上に、淡い光が現れると辺りを照らす。

ミネルバがティアナに礼を言う。

「助かるよ。私もレイアも夜間の戦闘の訓練を受けているからね、夜目は利く方だが、明かりがあるに越したことはない。さあ、急ごう！」

「はい、ミネルバ様！」

周囲の様子に注意を払いながらも、四人は前に進んでいく。

書斎からの通路はすぐに行き止まりになり、その先には地下へと続く緩やかな石造りの大階段があった。ミネルバを先頭に、彼女たちはその階段を下りていく。

「随分長い階段だね……」

レイアが頷く。

「そうですね、ミネルバ様。まさか王宮の地下にこんなものがあるなんて」

「ああ、四英雄を祀っている神殿とやらはどうやらこの階段の先にあるらしいね」

そんなミネルバの言葉に、レイアは小さく首を傾げた。

「しかし、どうしてシリウス将軍が？　陛下は仰っていました。その地下神殿には四英雄の血を色濃く受け継いだ者しか入ることは出来ないと。ならば、奴が行ったところで中には入れないはず。それなのに、何故こんな真似を」

「さあね。元々あの仮面の奥に、どんな顔が隠されているのかも私は知らないからね。かつて陛下が戦場でシリウスと出会い、その腕に惚れ込んだと聞いているけれど、謎の多い男さ。もしかすると、この先にある地下神殿の謎を知らないのか、それとも……」

「ミネルバ様？」

レイアに問われてミネルバは静かに続ける。

「それとも、我々よりも遥かに詳しくその場所のことを知っているかだ。四英雄の血を色濃く受け継ぐ者ではなく、奴がレオンのように四英雄の中の一人だとしたら」

ミネルバの意外な答えにレイアは息を呑んだ。

「シリウス将軍が四英雄の一人だとでも仰るんですか⁉」

「分からない。だが、そう考えれば合点がいく。私と戦った闇の術師は、レオンの他にもこの時代に四英雄が存在していると言っていた。それに、レオン以外にあれほどの腕を持つ男を、私は知らない」

「だとしたら……もしかすると、シリウス将軍は陛下ではなく、神殿に向かったレオンを追ったのでは？」

それを聞いてティアナの顔が青ざめる。

「シリウス将軍が、レオンさんを⁉」

不安げに声を上げたティアナの手を、勇気づけるようにロザミアが握った。

「大丈夫だティアナ！　きっと主殿は元気に戻ってくる」

「はい、ロザミアさん」

まるで自分に言い聞かせるかのようにティアナはそう言うと、仲間と共に先を急いだ。

さらに暫く進んでいくと、階段の床や壁面を作っている石が、今までのものよりも遥かに古いものになっていることにミネルバは気が付く。

「どういうことだい？　城よりもここに使われている石の方が昔からあるみたいだ……どうやら、その神殿とやらは、アルファリシアの建国よりもずっと前に作られたものらしいね」

「ええ、城の地下深くにこんなものがあるなんて信じられません。一体何者が作ったのか」

「その答えは、この先にあると考えるしかないね」

だが、そんなミネルバの言葉とは裏腹に、長く続いた階段は行き止まり、そこには古びた祭壇が作られた小部屋があった。その中に入り、周囲を見渡すミネルバたち。

レイアが訝しげに言った。

「ミネルバ様、どうやらここで行き止まりのようですね」

「ああ、一体どういうことだい？　神殿の入り口に辿り着くと思ったら、こんな場所に行き着くなんてね。陛下たちもそうだが、シリウスの影も形もありはしない」

ロザミアがミネルバに尋ねる。

「本当にここで合っているのか？　ミネルバ将軍」

「ロザミア、あんたも見たはずだよ。ここまでずっと一本道だった。他の場所に行ったとは思えないね」

周囲の壁や床を調べる四人。祭壇の周りには、ミネルバたちが知らない言語で何かが書かれている。

「どうやら古代文字のようだね。私には読めないが、アルファリシアの文字とは明らかに違う」

翼人のロザミアも同意する。

「私も見たことがない文字だ」

そんな中、ティアナが祭壇に書かれた文字を熱心に眺めているのを、ミネルバは見た。

「ティアナ、何か分かるのかい？」

その言葉にティアナは首を横に振る。

「いいえ……でも、どこかで見たような気がするんです」

ティアナはそう話しながら、祭壇の中央に向かう。そしてそこに書かれている文字にそっと右手を添えた。

するとと、まるでティアナに反応するかのように、祭壇の床が淡い光を帯びていく。

息を呑むミネルバたち。

「これは……」

「ミネルバ様、見てください。これはまるで何かの魔法陣のようです」

レイアの言葉通り、淡い光が表すのは、古代文字らしきもので描かれた魔法陣に見える。

だが、その光は微かで今にも消えそうな弱さだ。

ロザミアがティアナに尋ねる。

「何て書いてあるのだ？　ティアナ」

「分かりません、ロザミアさん。私にも分からないんです……」

何故そんなものが浮かび上がったのか、ティアナ自身にも分からない。

結局はそれ以上は何も起こらず、四人は途方に暮れる。

そんな中、ミネルバは突如として背筋を凍らせた。思わず剣を抜き、注意深く辺りを見渡す。

「何だ……今の気配は」

ミネルバだけではない。レイアとロザミアも剣を抜いて身構えていた。

「ミネルバ様も感じましたか？　今の気配、途轍もない殺気でした」

「ああ、私も感じた」

ロザミアは地面を見つめている。

「ここよりもずっと深いところから感じた。まるで心臓が凍り付くような気配だった」

ティアナも感じたのか、青ざめてその手を胸に当てている。

そしてうわごとのように呟いた。

「行かないと……私、行かないと‼」

嫌な予感がさらに心の中で増していき、ティアナは祈った。

（レオンさんの力を感じる。それに別の大きな力も。私、私どうしたらいいの⁉）

床に描かれている魔法陣に記されている文字には、確かに見覚えがある。

でも、まるで霧がかかったように、どこでそれを見たのかが思い出せない。

もどかしい思いにティアナは唇を噛み、手を握り締めた。

その時、ティアナの頭の中で声がした。

『魔法陣に貴方の血を』

声がティアナにそう告げる。

それを聞いて、ティアナはロザミアに願い出た。

「ロザミアさん！　私にロザミアさんの剣を貸してください‼」

ティアナの真剣な眼差しに押され、ロザミアは手にしていた剣を彼女に渡す。

「何をするつもりだ、ティアナ⁉」

ロザミアの問いに答える前に、ティアナは祭壇の中央に立ち、自らの腕をその剣で傷つける。

その傷口から鮮血が迸った。

「ティアナ‼」

「何を！！？」

突然のティアナの行動に呆然とするロザミアたち。

浅い傷に見えるが、そこから噴水のように勢い良く噴き出した血が、辺りに舞い散っていく。

渦を巻き、まるで意思を持っているかのごとく。

一方で、ティアナはその場に崩れ落ちた。

薄れゆく意識の中で、ティアナはこちらに駆け寄ってくるロザミアたちの姿を見ていた。

誰だろう、私の中で誰かの声がする。

私はティアナ。そのはずなのに、まるで私の中に別に誰かがいるみたいに。

誰かしら？　私の前に小さな少女が見える。

エルフの少女だ。まだ十歳ぐらいだろうか。

どこか私に似ていて、少し引っ込み思案な雰囲気だ。

大人しい彼女をからかう年上の子供たち。彼女はエルフなのに魔法が苦手だったから。

彼女はいつもべそをかいていた。

そんな彼女の前に、赤い髪の少年が立っていた。

そして、彼はいじめっ子たちを追い払って、蹲る彼女の手を取ると立ち上がらせた。

その男の子はとても強くて、やがて成長すると、多くの人たちを救うために戦った。
何故だろう、まるで彼女が私であるかのように、その思いが心に流れ込んでくる。
彼女の思いが声になって聞こえてくる。
私は必死に魔法を覚えた。
彼のために私も役に立ちたかったから。
彼の傍にいても、恥ずかしくない女性になりたかったから。
いつの間にか、私たちは英雄と呼ばれていた。
そして、運命の日、彼と私たちは恐ろしい魔物と戦った。
激しい戦いの中で、私たちはとうとうその魔物を打ち倒した。
その命と引き換えにして。
薄れゆく意識の中で、私は願った。
許されるならいつかもう一度、彼に会いたい。
私は最後の力を振り絞って、ハイエルフの秘術である転生の術式を大地に描いた。
それが仲間たちを包む。
成功した者がいるかどうかなんて、誰も知らない秘術。
何故なら、その術式を使った者は全ての記憶を失ってしまうから。
たとえ私が転生しても、彼のことを思い出せない。

そう思うと涙が出た。それでも良かった。彼が生きていてくれるなら。

でも、もしいつか再び彼に巡り会う時が来たのなら、彼は私を覚えていてくれるだろうか。

全てを忘れてしまった私の中に、少しでも私を感じてくれるだろうか。

また一緒にいられたらどれだけ幸せだろう。

大地に描かれた術式の中で、私は不安になって、もう意識がない彼の手を握った。

「とても怖いの。転生して目が覚めたら、貴方がどこにもいなくなってる気がして……待ってるから。私いつまでも待ってるから」

あれは誰に言った言葉なのだろう。

思い出すことが出来ない。

『思い出すの、ティアナ。貴方が誰かということを』

またあの声が聞こえる。

『彼は貴方を見つけてくれた。また一緒にいてくれた。そうでしょ、ティアナ！　今、思い出さなければ、また彼は死んでしまうわよ』

その瞬間――

私の頭の中で、レオンさんとあの赤い髪の少年の姿が重なる。

「ジーク！！！」

私は、あの時しっかりと手を握り締めた彼の名前を思い出した。そして私が誰なのかも。

私は立ち上がる。ロザミアさんや、ミネルバさんたちが駆け寄ってくるのが見えた。

周囲を舞う私の血が、祭壇に描かれた魔法陣の必要な部分を書き換えていく。

そして、私の右手が強烈な光を帯びた。

「ティアナ！」

「まさか、その紋章は……」

私の右手に浮かび上がった水の紋章。それが魔法陣に強烈な輝きを与えている。

その瞬間、魔法陣の上にいる私たちの姿は、その場から消えた。

7　光を継ぐ者

「お母様、少し空模様が悪くなってきましたわ」

ジェファーレント伯爵家の令嬢エレナは、その頃、屋敷の廊下で窓から空を眺めていた。

娘の言葉を聞いて、母である伯爵夫人フローラも窓の近くに歩み寄ると、そこから外を見上げる。

「そうね、エレナ。明日はこの都で、慰霊祭が執り行われるというのに」

エレナは両手を胸の前で合わせて、祈るように母を見る。

「レオン様は明日、陛下の護衛として参加されるとのこと。何事もなく無事に終わりますわよね？　お母様」

「ええ、エレナ」

そう返事をしながらも、フローラは思った。

(でも、気になりますわね。最近、都の周辺で不可思議な出来事が起きている。私たちも、レオン様がいなければ今こうして生きてはいなかった。エレナの言う通り、何事も起きなければいいのだけれど)

そんなことを心配しながら空を見上げるフローラは、気分を変えるように娘に告げた。

「慰霊祭が終わったら、アスカに任せるヤマトの料理のお店のことで、またレオン様たちに相談をしましょう。陛下もとても美味しいと仰ったのだもの、きっと成功するわ」

「ええ、そうね！　お母様」

母の提案に、エレナはクルリとドレスの裾を翻してみせる。

「ティアナさんたちも手伝ってくれると言ってましたわ！　陛下との晩餐会でティアナさんが作ったヤマト風のソースをかけたステーキも、とても美味しかったですもの」

「ええ、ヤマトの職人が作ったお醤油をベースにしたソースと、山で採ったワサビを使った味付けと言っていましたね。きっと都で人気が出るわ。今度ティアナさんから味付けを聞いてみるつもりよ」

「それがいいですわ！　お母様、アスカも一緒にまた皆でお食事会をしましょう」

嬉しそうな娘を見てフローラは微笑んだ。

ジェファーレント商会を継ぐために、エレナは子供の頃から自然に大人との交流が中心になっていた。大商会の跡取り娘ということで、どうしても同世代の者たちとは遠慮が生まれ、距離が出来てしまう。

王族ではないが、ジェファーレント商会はそれに次ぐ力を持っていると言っても過言ではないのだから。

そのため、レオンたちのお蔭で、娘に年相応の友人がたくさん出来たことは、母として純粋に嬉しかった。

「いいお友達が出来たわね、エレナ」

「ええ、お母様！」

エレナは楽しげに笑いながらも少し不安そうに言った。

「レオン様たちが、ずっとこのアルファリシアにいてくれたらどんなに楽しいか。でも、お母様。レオン様は一体どこからいらしたのでしょう？　他国であってもあれほどの殿方がいたのならば、噂になっていてもおかしくないはず。私には只の冒険者には思えないのです」

フローラも頷いた。

それは彼女自身が抱いていた疑問でもあったからだ。

「本当ね、エレナ。一体どこから……」

エレナはそんな母を見つめて言った。

「お母様。慰霊祭が終わってもレオン様たちはずっとこの国にいてくださいますよね。どこかに行ったりしませんわよね？」

フローラは、不安げな眼差しで自分を見つめる娘の髪を撫でる。

「どうしたのですエレナ、そんなに心配して。大丈夫、きっといつまでもこの国にいてくれるわ。ミネルバ様やオリビア様が、レオン様を他の国に渡したりなどしませんもの。それに、レオン様がティアナさんやロザミアさん、それにあのおチビちゃんたちを置いてどこかに行くと思って？」

それを聞いてエレナは安心したように胸を撫で下ろす。

「そうですわね！　きっとそうですわ。これからもずっと皆で一緒に過ごせますわ‼」

「ええ、エレナ」

フローラは娘に笑いかけると、もう一度窓から空を見上げる。

先程よりも空は荒れ、黒い雲が窓から見える王宮の上空に渦を巻いているように見えた。

（嫌な空模様ね。本当に何事もなければいいのだけれど……）

「お母様、どうなさったのですか？」

覗き込むように娘に見上げられて、フローラは首を横に振った。

「いいえ、何でもありません。レオン様が立派にお役目を果たされることを、陰ながら祈りましょう」

「はい、お母様！」

フローラとエレナはそう言って頷き合うと、その場を後にした。

同じ頃、アスカは家に帰り、父や母と一緒に過ごしていた。

国王との謁見が終わり、自分が作った料理が認められたことを嬉しそうに二人に報告する。

帰宅が少し遅れたのは、都に出すヤマトの料理店について、ジェファーレント商会を束ねる伯爵夫人やエレナと打ち合わせをしていたからだ。

「それでね、お父さん。お父さんから預かったお酒も陛下にお出ししたの。そしたらとっても喜んでくださって。『名酒であった。そなたの娘は良い料理人だと父に伝えよ』って仰ったの！　それに、伯爵夫人やエレナ様が、ヤマトの料理のお店を出して、私に任せてくださるって。本当に夢みたい！」

アスカの父はそれを聞いて誇らしげに頷く。

「そいつは大したもんだ、アスカ！」

アスカの母も微笑んだ。

「陛下にはもちろんですけど、伯爵夫人とエレナ様にも感謝をしなくてはね。貴方が陛下にお会い出来るなんて、それ自体が奇跡なんだから」

アスカは母の言葉に首を大きく縦に振る。

そして二人に言った。

「それにレオンさんたちにも。レオンさんたちに出会わなかったら、こんな夢みたいなこと、絶対に起きなかったんだから」

「ああ、この間鍛冶工房に遊びに来た、若いのだな？　なんでも陛下から特級名誉騎士に任ぜられたそうだが、あの若さで大したもんだ」

「うん！　レオンさんは凄いの‼」

前のめりになって力説する娘を見て、父は大きく咳払いをした。

「……まさか、アスカ。あの若いのに惚れてるとかじゃねえよな？　お前にはまだ色恋沙汰は早いぜ」

それを聞いてアスカは目を丸くすると、真っ赤になって首を横に振る。

「ば、馬鹿じゃないの！　お父さん。そ、そんなのじゃないから！　大体、レオンさんの傍にはティアナさんやロザミアさんもいるし、私なんて絶対相手にされないんだから」

父は娘の言葉に安心したように、うんうんと頷く。

「確かにな。あの若いのの傍には天使みたいな姉ちゃんと、綺麗なエルフのシスターがいたっけか」

するとアスカは父親の頬をつねる。

「確かにになって何よ！　失礼ね」

「痛え！　お前が言ったんだろう？　アスカ」

「自分で言うのと人に言われるのは違うの！」

複雑な女心に頬を膨らます娘と、顔を顰める夫を眺めながら、アスカの母は笑った。

「まったく二人とも。それよりも土地神様に感謝をお伝えしなくてはね」

母の言葉を聞いてアスカは席を立った。

そして、父のために、家に帰ってから母と一緒に作った夕飯を、部屋に飾られた神棚に供える。

暫く感謝の祈りを捧げた後、アスカは言った。

「とても不思議な人たち。子供の頃からお母さんが、土地神様と小さな土地神様の昔話を聞かせてくれたでしょう。フレアさんを見てると、もしかしたらあの小さな土地神様じゃないかって思えてくるの。だから、ちょっと不安になるんだ。いつか私の前からいなくなっちゃうんじゃないかって。まるで全てが夢だったみたいに」

父親は呆れたように娘に言った。

「何言ってやがる。土地神様たちがいたのは何千年も前の話だぞ」

「べーだ！　お父さんには分からないの！」

そんな娘をアスカの母は見つめる。

「貴方はフレアさんが大好きだものね。出会ったその日からフレアさん、フレアさんってもう毎日」

「うん！　大事なお友達。ずっと一緒にいたいの」

アスカは、森で一緒に鰻を捕まえた時のことを思い出しながら微笑んだ。

フレアと一緒に竿を放さないように握り締めたのは、とても楽しい思い出だ。

(馬鹿よね私、これからいつだって会えるのに。なんだかフレアさんやレオンさんたちが遠くに行ってしまうような気がして……)

そんなことを考えながらまた神棚に祈りを捧げていると、そこに供えた器が大きく振動して床に落ちた。

「これは……」

両親が顔を見合わせて言った。

「こいつは地震だ！　このアルファリシアでは珍しいぜ」

「そうね貴方……」

三人は暫く様子を見て、揺れが落ち着いたのを確認すると安堵する。

だが、その代わりに、家の外が騒がしくなっているのに気が付いた。

そうこうしているうちに、家の中に鍛冶職人たちが駆け込んでくる。鍛冶工房の隣にあるアスカたちの家に、住み込みで働いている職人たちだ。

慌てた様子でアスカの父に告げる。

「親方‼」

「外の様子を見ましたか！」

その尋常ではない様子に、アスカたちは彼らと共に外に出る。

「お父さん！」

「貴方‼」

「こいつは……」

都のそこら中に赤い光が見える。

それは、都の地面の下から溢れてきているように見えた。それが何なのか、アスカには分からなかった。

でも、今この都で何かが起きている。

それも良くないことが。

アスカにはそう思えた。

「……お父さん」

アスカはそう呟くと、しっかりと父の体に身を寄せた。

一方で、王宮ではセーラがクラウスを連れて、宮殿の中の安全な場所、西にある守りの堅い城郭の一室に避難していた。シリウスの一件があったためだ。

ミネルバが団長を務める銀竜騎士団とも協力し、国王の間を中心に厳戒態勢を敷いている。

シリウスを追ったミネルバたちからはまだ何の知らせもない。

そんな中、地響きを立てて床が揺れ、クラウスが声を上げる。

「セーラ！　地震だ」

「ええ、クラウス様」

セーラはウサ耳をぴんと立てる。

（変ね、宮殿の真下から揺れを感じた。シリウス団長のこともある。只の地震だとは思えないわ）

警戒をしながら揺れが収まるのを待つと、部屋の中に数名の兵士たちが慌てた様子で入ってくる。

セーラは彼らに問いただした。

「どうしたの？　そんなに慌てて」

「は、はい！　セーラ様、申し訳ございません！」

「とにかく、一度外にお出になられてご覧くださいませ！」

兵士たちの言葉に頷くと、セーラはクラウスに告げる。

「殿下、私が戻るまで決してここをお出になられませんように」

セーラの真剣な眼差しに、クラウスは頷く。

「ああ、分かった。気を付けろよ、セーラ」

セーラは兵士たちの只事ではない様子を見て、彼女の身を案じる王太子に一礼すると、外に出る。

そして、そこに広がる光景に、思わず声を漏らした。

「これは……一体」

城郭の周辺の地面から赤い光が漏れ出している。

そして、それは王宮全体に広がっているように見えた。

一瞬呆然と立ち尽くしたセーラだったが、すぐに正気を取り戻して周囲を見渡す。

セーラは一緒にクラウスの警護をしている銀竜騎士団の兵士に声をかける。

「この飛竜、借りるわよ‼」

「あ！　セーラ様⁉」

「文句なら後でレイアにでも言っておいて頂戴！」

そう言って、その兵士の飛竜にまたがり、空へと舞い上がる。

宮殿だけではなく、城下町にも何か異変が起きてはいないかを確認するためだ。

空高く舞い上がったセーラは、アルファリシアの都全体を大空から見渡す。

そして息を呑んだ。

「何なの……これは」

そこにはあり得ない光景が広がっていた。

宮殿を中心にして巨大な魔法陣が大地に描き出されている。

あの赤い光は、その魔法陣を描き出している光だということにセーラは気が付いた。

「誰がこんなものを」

それは、まるでずっと以前からこの日のために用意されていたかのようだ。

でなければ、これほど途方もないサイズの魔法陣を描けるはずがない。

そうセーラには思えた。

空を黒い雲が覆い、それは王宮を中心にして渦を巻いている。

「一体、このアルファリシアに何が起きているの？」

セーラは愕然(がくぜん)と地上を眺めながらそう呟いた。

それから急いで飛竜を駆ると、主であるクラウスが待つ地上へと向かった。

俺は地下神殿の奥にある巨大な施設の中で、レディン、そしてジュリアンとの死闘を繰り広げていた。
「くくく、終わりだジーク。余が作る新しい世界の礎になるが良い！！」
剣を俺の胸に突き立てたレディンの顔が、目の前にある。
それは奴のものであり、そして、魔神ゼフォメルドのものでもある。

「ジークよ、もとより偉大なる余が、子であるそなたに敗れることなど、あってはならぬのだ。余にひれ伏すが良い！　二千年前の屈辱を晴らしてくれよう‼」

勝利を確信した邪悪で傲慢な目が、俺を眺めている。

「ぐぅ！！！」

激しい痛みに思わず膝が崩れる。

「ジーク！！！　ぐお‼」

同時に、ジュリアンが上空から投げた黄金の槍が、雷化しているエルフィウスに突き刺さるのが見えた。

黄金の錫杖が姿を変えたその長い槍は、エルフィウスを地面に縫い付けるように深く地に刺さっている。上からこちらを見下ろすジュリアンの白銀の翼が、さらに大きく開いていく。

「どうです？　神龍ルクディィナの力を込めた槍は。雷神と呼ばれた貴方でも、そのままでは長くはもちませんよ」

「主よ‼」

「「レオン！！！」」

オベルティアスと精霊たちが、声を上げるとこちらに向かって走る。

だが、その前にゾルデとレオナールが立ちはだかった。

下半身が魔獣と化しているゾルデが地を駆けると、フレアに剣を振り下ろす。

「うぁ！！！」

その剣がフレアの肩口を切り裂く。

彼女は辛うじて身をかわすも、浅い刀傷が肩に刻まれた。

「どこへ行く!? 鬼の小娘よ！ くくく、お前の相手はこの俺だぞ」

「ゾルデ!! どきなさい！」

それでもフレアは俺を救うべく、ゾルデを倒そうと薙刀を構える。

地上に描かれた魔法陣がゾルデたちにもさらなる力を与えている。

これは、初めから今日のために周到に用意された術式だ。

この地で俺たちを葬り、奴らの目的を果たすための。

ジュリアンの賢者の石と、レディンのそれが共鳴している。

大地が揺れ、地に描かれた魔法陣がこの巨大な部屋を超え、さらに広がっていくのを感じた。

魔法陣からは赤い光が不気味に放たれている。

上空でジュリアンが両手を掲げた。

「二千年の時を経て、今日ここが約束の地になる。獅子王ジーク、貴方と貴方の中に眠るアデラの力を供物にすることでね」

シルフィの九つの尾が大きく広がって、地を蹴るとこちらに向かってくる。

「そんなことさせない！　フレア、貴方はゾルデを！　レオンは、私に任せて‼」

風のように宙を舞って駆けてくるシルフィの横に、黒い翼を羽ばたかせたレオナールが迫る。

俺とフレアは叫んだ。

「シルフィ！！！」

「いやぁあああ‼」

レオナールの目は人のものではない。

それは邪龍の目だった。二千年前、シルフィの妹であるエルルを手にかけた邪龍バディリウスの。

「愚かな、この俺の前で隙を見せるとはな！　ふはは、死ぬがいい！　妹のように惨めにな‼」

「バディリウス！！！」

怒りの表情を浮かべるシルフィの首を、奴の剣が刎ねる。そう思った、その時――

レオナールとシルフィの間に、電光石火（でんこうせっか）のように白い影が飛び込んだ。

「レオン、そして精霊たちよ。主も我も、そなたたちには命に代えてでも払うべき借りがある！」

神獣オベルティアスだ。

シルフィが目を見開いている。

「オベルティアス！」

レオナールの剣が、深くオベルティアスの体に食い込んでいる。

そして、大量の鮮血が辺りに飛び散ると、オベルティアスの体は落下し、そのまま地面に横倒しになった。

それを見てレオナールは高らかに笑った。

「ふふ、ふはは、愚かな連中ばかりだな。わざわざ代わりに死にに飛び込んでくるとはな！　俺の剣は確かに急所を捉えた。神獣オベルティアスよ、貴様はもう助からん‼」

シルフィはその言葉に息を呑んだ。

「そんな……」

オベルティアスはシルフィを見つめると言う。

「戦うのだ、最後の最後まで。それが倒魔人の誇り。我が主にそれを教えてくれたのは、アデラという倒魔人と、友であるジークやアクアリーテだと聞いた。その誇りが雷神としての力を目覚めさせたと」

そして、血の気を失っていきながらもエルフィウスを見た。

「主よ、我は最後まで主と共に戦えたことを誇りに思う。勝つのだ、必ず。このような邪悪に世界を恣にさせてはならん。そうであろう」

　そう言って静かに目を閉じるオベルティアスを見て、エルフィウスは拳を握り締める。

「オベルティアスよ……お前の言う通りだ。友よ、俺の方こそお前と一緒に過ごした日々を、そして戦った日々を誇りに思う‼」

　俺たち二人の紋章に、今まで以上に強烈な光が宿る。

「「うぉおおおおおおおお！！！」」

　僅かだが確実にジュリアンの呪縛を解き、俺の体が動き始める。

　拳を握るその指先が。

　それを見てジュリアンは声を上げた。

「ふふ、貴方は本当に素晴らしい！　賢者の石と神龍ルクディティナの力を使い作り上げたこの術式を、その身一つで破ろうというのですから。だからこそ、新たなる世界が生まれる今日という日のための贄に相応しい‼」

　俺の体を貫いているレディンの剣を通じて、膨大な力が奴に流れ込み、その左手の光の紋章を輝かせた。奴が楽しげに笑う。

「くくく、いいぞ。お前の怒りがさらなる力を目覚めさせ、余の紋章を輝かせる」

　そしてジュリアンは翼を大きく広げると、俺を見下ろして言った。

「ふふ、貴方の精霊を殺してあげましょう。そうすれば、貴方の力はさらに強まる。限界を超えてね」

奴の白銀の翼が一気に毛羽立って、無数の白銀の槍を作り出す。両翼から生まれたそれは、フレアとシルフィを狙っていた。膨大な魔力がそこに込められていくのが分かる。

ゾルデやレオナールと戦っている二人に狙いを定めて。

ゾルデの剣がフレアの炎を切り裂く。

「鬼の小娘よ！　もう終わりだ、神龍の槍がすぐにお前の心臓を貫く‼」

レオナールもシルフィに告げる。

「心臓だけではない、惨めに全身を貫かれて死ぬがいい‼」

俺たちの拳が僅かに動く。

動け、俺の体よ。

今動かなければフレアとシルフィは死ぬ。

それほどの力が、ジュリアンの翼から生み出された白銀の槍には込められていた。

二人はいつも俺と一緒にいてくれた。

辛い時も悲しい時も。

この時代にやってきてからもずっと、ずっと。

俺のかけがえのない友であり、家族だ。

レディンは俺を見て嘲笑う。

「無駄だ、いくら力を高めてもそれは余の力になるだけ。この剣が貴様に突き刺さっている限り、貴様はここから動くことなど出来ん」

無数の槍が二人に向けて放たれる。

オリビアが悲鳴を上げた。

「フレア、シルフィィイイイ‼」

まるで時が止まったかのように感じる。

俺はフレアとシルフィの方へと手を伸ばす。

それが無駄だと分かっていても。

俺の叫びと共に、レディンの光の紋章の輝きが増していく。

ジュリアンはそれを見て紅潮（こうちょう）した顔で言い放った。

「さあ、見るがいい。貴方の精霊たちが全身を串刺しにされる姿を‼　この槍は私の翼の羽根から作り出した物。たとえどこに逃げても追いかけ、必ず彼女たちを仕留めます‼」

奴が言うように、力を増したゾルデとレオナールと戦っている二人に、それをかわす術（すべ）はないだろう。

ゾルデとレオナールの剣が、それを待っていたかのように、大きく二人に向かって振るわれる。

フレアとシルフィは弾き飛ばされながらも俺を見つめた。

「レオン！　こんな奴らに世界を自由になんてさせないで‼」

「貴方を信じてるわ‼　勝って！　お願い‼」

死を覚悟したその瞳。そんな二人に頭上から白銀の槍が一斉に降り注ぐ。

「やめろぉおおおおおお！！！」

その瞬間――

俺たちのすぐ傍に、ジュリアンが描いたものとは違う魔法陣が突如として現れた。

それは青く輝き、その周囲には青い水流が渦巻いている。

澄んだ声が辺りに響いた。

「絶対零度氷壁‼」

水の流れが舞い上がり、上空にいるジュリアンとフレアたちの間に割って入ったかと思うと、瞬時に氷の盾へと変化する。

凄まじいほどの冷気を纏ったその盾は、神龍の羽根から作り出された白銀の槍を全て受け止めた。

そして、再び水の流れへと姿を変えると、白銀の槍を四方に払いのけて、今度は大きな一本の氷の槍へと姿を変えた。

「聖なる水の力よ、我に力を貸して闇を祓わん！　聖槍クリスタルランス！！」

限界まで凍り付いたその槍は、まるでクリスタルのように澄んだ輝きを見せて、ジュリアンへと襲い掛かる。

「なに‼　これは！！？」

余裕の笑みを浮かべていたジュリアンの目が大きく見開かれ、辛うじてその槍をかわした。奴の頬に赤い傷跡が刻まれる。

俺たちの後ろには、ティアナが立っていた。

青い魔法陣を宙に描き、そして地面には別の魔法陣が描かれている。

この場所に通じるあの祭壇で描かれたものによく似ているが、ところどころ書き換えられている。

俺でさえ、一度見ただけでは書き換えることなど出来なかったものだ。

こんなことが出来る魔導士など限られている。

ティアナだけじゃない。その傍にはロザミアやミネルバ、そしてレイアがいた。

彼女たちは呆然と立ち尽くしている。

「ここは……」

「一体どうなっているのだ」

「ティアナ！」

ティアナは、彼女たちを守るように前に立つと、こちらに向かって歩いてくる。

その姿は、ティアナのものから、次第にハイエルフの女性のものへと変わっていく。

彼女の目はレディンの顔を見つめていた。

奴であり、魔神でもあるその顔を。

彼女の怒りがその表情から読み取れた。

「レディン……貴方が魔神ゼフォメルドだったのね」

そして、彼女は奴の両手に浮かんだ闇と光の紋章を見た。

爆発するような怒りが、青い魔力となって彼女を包んでいる。

「それで全てが分かったわ。二千年前何が起きたのかも。貴方がアデラを殺した！　そしてその紋章の力を奪ったのね！！！」

限界を超えて高まっていく彼女の魔力が、地面に青い魔法陣を描き出していった。

膨大な魔力が込められたそれは、死に瀕しているオベルティアスとゼキレオスさえも回復させていく。神獣の体が微かに動き、蒼白だったゼキレオスの顔に少し赤みがさしていくのが分かる。

ミネルバとレイアが、オリビアとゼキレオスに気が付き、その傍に駆け寄る。

「陛下！　オリビア様‼」

「ご無事でしたか‼」

オリビアは涙を流しながら二人の手を握ると、死の淵を脱した父親の顔を抱き締め、救ってくれた女性の背中を見つめた。

それから、彼女の右手に輝く青い紋章を。

「ティアナ……いいえ、あれが水の女神！」

こんなことが出来るヒーラーを、俺は一人しか知らない。

彼女はティアナだ。

そして、俺がずっと昔から知るかけがえのない仲間でもある。

俺がレオンであり、ジークであるように。

彼女は俺を見つめると、涙を流しながら微笑んだ。

「ありがとうジーク。私を見つけてくれて。また一緒にいてくれて。私、思い出したの、全てを！」

「アクアリーテ……」

アクアリーテは俺に頷くと、レディンを睨みつけた。

そして決意を込めた目で奴に告げる。

「レディン。ジークは貴方になんか負けたりしない。彼の力は貴方のように何もかもを奪う力じゃないから。人の心と心を、魂と魂を繋ぐ力だから‼　その力が、彼との絆が、私をこの場所に導いた！」

アクアリーテは手を天に向かって突き上げる。

「神よ、我らに祝福を‼」

俺たちの足元に描かれた魔法陣が輝きを放つ。

ゾルデに追い詰められていたフレアの体も、その光に包まれる。

「ティアナの、アクアリーテの言う通りよ。ジークはいつだって私と一緒にいてくれた。鬼の血を引く私を、そしてほむらを受け入れてくれた。私とジークの心は繋がっているから、だから私は負けない‼　お前たちみたいな奴らに負けたりなんかしない！！！」

フレアの後ろに炎が湧き上がる。

それは強烈に燃え上がるとほむらの形になり、紅の炎は次第にその輝きの限界を超えて、白い炎へと変わっていった。

「ほむら！　私に力を‼　闇を祓い、みんなと一緒に未来を拓く力を！！！」

ほむらの体が輝くと、フレアの手にする薙刀が白い炎に包まれる。

「はぁああああああ‼」

ゾルデは、薙刀を構えたフレアを睨むと剣を振り上げる。

「この力は？　小娘が！　調子に乗りおって‼　ふふ、ふはは！　我の力も高まっておるのだ、殺してやる、殺してやるぞぉおおお！！！　倒魔流奥義！　月光の太刀‼」

かつてフレアの体を貫いた奴の奥義が放たれる。

それは魔獣と接合された新しい体と、ジュリアンが描いた魔法陣によって力を増していた。

二人は凄まじい速さで交差する。

フレアの薙刀が白く輝くと、ゾルデの首を一気に刎ね飛ばす。

「鬼神霊装アマテラス！！！　陽光滅魔の太刀‼」

フレアの体は古のヤマトの神の力を宿している。

首と切り離された胴体は燃え上がり、地面に転がった奴の首は怨嗟の声を上げた。

「おのれ！　おのれぇぇぇ‼　偉大なる肉体と力を得たこの俺が……ぐぉおおおおおお！！！」

断末魔の叫びと共に、ゾルデの首は白い炎に包まれる。

フレアは涙を流しながら天を見上げた。

「村のみんな。仇はとったわよ」

そして、シルフィもレオナールと対峙しながら頷く。

「ええ、フレア。私たちは繋がっている。それが私たちにいつだって力をくれた。私たちは負けない、みんなが暮らすこの世界のために‼」

俺はその時、シルフィの傍に彼女によく似た一人の少女を見た。

その少女が、力を与えるようにシルフィの中に溶け込んでいく。

「ありがとう、エルル。お姉ちゃん、今度は逃げ出したりなんかしないから。私たちはいつまでもずっと一緒よ！」

シルフィの尾の数が、四神結界を崩壊させた時と同じように十本に変わっていく。

それを見てレオナールは笑った。

「尾が一本増えたところでどうだというのだ。くく、姉妹まとめて始末してくれる。二千年前のケリをつけるためにもな！」

レオナールの目は邪龍バディリウスのそれへと変わり、その肉体が黒い巨大な龍へと姿を変えていく。

かつて、ルティウクを滅ぼした邪龍の姿に。

レオナールの残忍さと肥大した自尊心が心をさらに闇へと染め、邪龍と完全に同化したのだろう。

「もはや剣などいらぬ！　我の偉大なる力の前に死ぬが良い‼」

黒い翼が羽ばたき、漆黒の顎がシルフィの体を食いちぎろうと迫る。

「はぁあああああ‼」

シルフィは軽やかにそれをかわし、邪龍の頭の上に跳んだ。

凄まじい勢いでシルフィが天を翔けると、巨大な邪龍の周りに無数の彼女の残像が見えた。

そして一声大きく吠える。

「死んでいった多くの同胞たち、そしてエルルの無念を今晴らすわ！　ラグナロクファング！！！」

無数の牙が邪龍の体を切り裂く。

シルフィたちが姿を変えたフェンリルクイーンの牙が、邪龍の体を塵にしていく。

「馬鹿な！　この我が‼　古より生き続けるこの我が滅するというのか！　許さぬぞ、そんなことは許さん！！！」

咆哮を上げながら消え去っていくバディリウスと共に、この場所の入り口にあった二本の柱の中の邪龍の姿も崩れ去っていった。

「ぐぉおおおおおおおおおお！！！」

伝説の邪龍の断末魔の声が辺りに響き渡る。

俺とエルフィウスを拘束している力も、アクアリーテの祝福の力によって打ち消され、体が自由になるのを感じた。

「終わりよレディン！　今度こそ貴方を倒す‼　そうでしょう？　ジーク！　エルフィウス‼」

俺たちは彼女の言葉に頷いた。

「ああ、アクアリーテ！」

「この男だけは生かしておいてはならん‼」

俺は素早く身を引いて奴の剣を体から抜くと、同時に自らの剣で奴の首を狙う。

胸の傷はすぐにアクアリーテの力で塞がれていく。

「おのれ‼」

儀式を邪魔されたレディンの目が、怒りに血走っている。

奴はこちらを睨み、大きく後ろへと下がった。

同時にエルフィウスがジュリアンの黄金の槍を抜き去り、剣を構える。

「行くぞ！　エルフィウス‼」

「ああ、ジーク！　この地で二千年前の決着をつける‼」

アクアリーテが後ろで、俺たちのために聖なる祈りを唱えてくれているのが分かった。

祝福の力が増していく。

俺とエルフィウスの紋章が限界を超えて輝く。

そして、俺たちは同時にレディンに向かって突っ込んだ。

「うぉおおおおおおおおお！！」

「雷化天翔‼」

エルフィウスの剣がレディンの剣と激突し、奴の体が後ろへと飛ばされる。

「ぐぬぅうう‼」

その瞬間、俺の剣が奴の胸を貫く。

「倒魔流秘奥義！　獅子王烈火紅蓮斬（ししおうれっかぐれんざん）！！」

剣を握る俺の両手に紋章が浮かび上がると、強烈な炎が火柱になり、奴の体を内側から焦がした。

「ぬぉおおおおおおお！！　ジーク、貴様ぁあああ！！！」

そのまま、俺の剣から生み出された火柱が、レディンの体を施設の壁に激突させる。

凄まじい衝撃音が鳴り響き、奴の体は瓦礫に埋もれた。

限界を超えた力を放ち、俺は思わず膝をつく。

アクアリーテとエルフィウスが駆け寄ってきた。

「ジーク！」

「やったのね！　ジーク」

俺は二人に頷いた。

「ああ、確かに手応えがあった。いくら奴でも不死身ではないはずだ」

瓦礫に埋もれた奴の体は動く気配がない。

フレアとシルフィも駆け寄ってくる。

「やったわね！　みんな」

「私たち勝ったのね‼　ジーク！」

精霊たちもすっかり昔の名で俺を呼ぶようになっている。

かつての仲間が揃ったからだろう。

ミネルバとレイアは、ゼキレオスの傍でオリビアから事の顛末を聞いているようだ。

オベルティアスはまだ完全に回復していないのか、薄く目を開けて満足そうにこちらを見て笑った。

ロザミアは俺たちの傍に駆け寄り、不安げに言う。

「主殿！　一体何があったのだ？　ティアナは……ティアナはどこなのだ？　ティアナは私の大事な友達なのだ」

そう言って目に涙を浮かべる。

アクアリーテがティアナだということが、まだ受け入れられないのだろう。

すっかり大人びた姿になってしまったティアナを、ロザミアは見つめた。

そんな彼女をアクアリーテは抱きしめる。

「ロザミアさん、私がティアナなの。また、一緒におむすびを作りましょう。みんなに食べてもらわなくちゃ」

それを聞いてロザミアは頷いた。

「ティアナなのだな？　うむ、一緒に作ろう。皆でここから帰って、いつもみたいに楽しく一緒に食べるのだ。また一緒に皆で暮らせるのだよな？」

眼前に広がるあまりにも現実離れした光景に、ロザミアは不安になったのだろう。

元聖騎士と言ってもまだ十六だからな。

ティアナが変わっていないことを知り、涙ぐむロザミアの髪を、アクアリーテは撫でている。

まるで、昔アデラが彼女にしたように。

俺もロザミアに言った。

「ああ、みんなで帰ろう。チビ助たちも待っている」

そう言って俺は上空を見上げた。

そして再び剣を握る。

「だが、その前にやることがある！」

「ええ、ジーク」

そこにはジュリアンの姿があった。

だが、もう奴の野望を叶える存在はいない。

「ジュリアン、もう終わりだ。オリビアの弟とはいえ、俺はお前を許すわけにはいかん。奴に手を貸し、人魔錬成のために多くの命を犠牲にした。そして、この世界の全ての人の命を犠牲にしようとしたお前を生かしておくわけにはいかない」

教皇ジュリアン、闇の術師であるこいつの手によって、無辜（むこ）の命が数多（あまた）失われてきたはずだ。

俺たちには全ての決着をつける必要がある。

ジュリアンはこちらを静かに見下ろしている。

そして、恍惚とした表情で頬を染めると微笑んだ。

「ふふ、ふふふ。貴方たちは本当に素晴らしい。人狼の女王との戦いで貴方を目覚めさせたのは、そこの彼女の叫びのように見えた。もしやと思いましたが、まさか転生の秘術で失った記憶さえも取り戻すとは。それほどまでに、貴方たちの絆は深いようですね。ですが、もう全てが遅い。彼は貴方から既に十分すぎるほどの力を得ました。聞こえませんか？　彼の鼓動が。もうこの世界の終わりは始まっている。貴方たちの喜びが絶望に変わる瞬間が見られると思うと、私は胸の高鳴りを抑え切れません！」

ジュリアンの顔が邪悪に歪む。

「希望が絶望に変わる瞬間、それが私の心を打つ。そう、貴方たちがかつてアデラを失った時のようにね」

その時、奴が言うように、何者かの心臓の音が低く響いた。

今まで感じたこともない闇の力が辺りを支配していく。

エルフィウスが呻く。

「何だこの力は……途轍もない力だ」

「ジーク！」

アクアリーテがレディンの亡骸があるべき場所を見つめている。

俺たちの視線の先で、それは瓦礫の下から産声を上げた。

その姿は、かつて俺たちが倒した魔神ゼフォメルドと変わらない。

だが、背中には、悪魔のような黒い翼と天使のような白い翼が広がっていく。

それは三対あり、合計で六枚の翼が大きく広がった。

右手には闇の紋章、そして左手には光の紋章が輝いている。

「余は神を超えた存在となった。この世界を破壊し、新しい世界を築く。余を崇めよ」

フレアは身構え、シルフィは全身の毛を逆立てている。

「なんて力なの……」

「化け物だわ、こんなの」

ジュリアンは高らかに笑う。

「ふふ、逃げても構いませんよ。四英雄の貴方たちなら、もしかしたら破壊される世界の中で、最後まで生き残ることが出来るかもしれない。安心なさい。全てが終わった後、私と彼が新しい世界を築きます」

俺は息を吐き出した。

そして、アクアリーテとエルフィウスを見つめた。

エルフィウスは拳を握り締めると、覚悟を決めたように真っすぐに前を見た。

「あの時と同じだな。だが答えはもう決まっているのだろう？　ジーク」

アクアリーテと俺は頷いた。

「ええ、そうよ」

「ああ、答えはいつだって俺たちの心の中にある」

俺たちの命がここで燃え尽きたとしても、決して逃げるつもりはない。

ロザミアやチビ助たち、仲間や家族がいるこの世界を守り抜く。

あの時、アデラが命を懸けてエジェルア王国の都を守ったように。

自らの前に立つ俺たちを見て、レディンは嘲笑う。

「愚か者め。三人まとめて殺してやろう」

俺は奴を見上げる。

「レディン‼」

奴の両手の紋章が強烈な光を帯びていく。

アクアリーテとエルフィウスの紋章も輝きを増し、俺の紅蓮の紋章と共鳴するかのように強い光を放った。

俺はその光の中で、アデラが俺の手の上に自分の手を乗せている姿を見た。

「ジーク、男の顔になったたね。私もあんたと戦うよ。たとえ魂の一欠片になっても最後までね」

「ああ、アデラ……ありがとう母さん」

俺はずっと言えなかった言葉を彼女に言った。

俺を産んでくれた母親と同じように、彼女も俺にとって大切な母だった。

その言葉に、アデラが笑ったような気がした。

「おおおおおおおおおお！！！」

全身全霊の力を込めて俺は剣を握り締める。

両手に紅蓮の紋章が輝き、光を増していく。

それは限界を超えて閃光を放ち、その瞬間、俺の額が熱くなる。

そして、そこに白く輝く紋章が浮かび上がるのを感じた。

まるで、彼女の力を継承したかのように。

レディンがそれを見て眉を動かした。

「なんだと……この力は！！？」

「お前のために数え切れぬほどの命が失われた。たとえここでこの身が滅んだとしても、俺は必ずお前を倒す！　獅子王の名において、今日この地で全ての因縁(いんねん)に決着をつける‼

行くぞ、レディン！！！」

その瞬間、俺たちは全てを懸けて奴の懐へと飛び込んでいった。

あとがき

この度は文庫版『追放王子の英雄紋！4～追い出された元第六王子は、実は史上最強の英雄でした～』をお買い上げいただきまして、ありがとうございます。作者の雪華慧太です。

おかげさまで文庫版も第四巻となりまして、今回も執筆当時を懐かしく思い出しながら原稿を読み返すことが出来ました。かつての友、雷神エルフィウスとの戦いから始まるこの巻は、いよいよレオンたちの過去に大きく迫っていく内容になっています。

そんな中でもシルフィの過去は、私自身とても好きなエピソードです。女王となり姉のシルフィを追い出す妹のエルルですが、本当は今でも姉のことが大好きなんですよね。世界中を旅して回るというシルフィの夢を聞いて胸躍(むねおど)らせる幼き日のエルル。それはもう二人の夢だったに違いありません。

けれども女王である自分は行くことが出来ない。だからこそ姉にその夢を託したのでしょう。そんな姉妹の強い絆が奇跡を起こし仲間を窮地から救うことになります。

同じようにジークとアクアリーテは育ての母ともいえるアデラと強い絆で結ばれていま

す。その絆がジークの右手に紋章を浮かび上がらせる原動力となりました。

母を亡くし、父からはあのような仕打ちを受けたジークが求めていたのは、やっぱり家族なんですよね。家族の絆、それはこの物語のテーマでもあります。そしてこの巻の最後には、いよいよ全ての四英雄が勢ぞろいし、物語は佳境を迎えることになります！

是非、彼らの冒険の行く末を見守っていただけますと嬉しいです。

なお、本作はありがたいことに漫画家のトモリマル様の手によりコミカライズされ、ただいま第二巻まで発売されています。もしよろしければ、そちらもご覧いただければ幸いです。

最後になりましたが、この作品のためにとても素敵なカバーイラストや挿絵を描いてくださった紺藤ココン様、また様々なお力添えをいただいた関係者の皆様に感謝いたします。

そして、読者の皆様にあらためて心からお礼を申し上げます。

それでは、また次巻でも皆様にお会いできること願いまして。

二〇二三年十二月　雪華慧太

「銀座編」大好評発売中！

累計680万部突破！（電子含む）

ゲートSEASON1～2 大好評発売中！

コミックス最新23巻大好評発売中！

SEASON1　陸自編

単行本

●本編1～5／外伝1～4／外伝+
●各定価：本体1,870円（10%税込）

文庫

●本編1～5〈各上・下〉／
外伝1～4〈各上・下〉／外伝+〈上・下〉
●各定価：本体660円（10%税込）

漫画

漫画：竿尾悟

●1～23（以下、続刊）
●各定価：本体770円（10%税込）

SEASON2　海自編

単行本

●本編1～5
●各定価：本体1,870円（10%税込）

文庫

最新5巻〈上・下〉大好評発売中！

●本編1～5〈各上・下〉
●各定価：本体660円（10%税込）

アルファライト文庫

この作品に対する皆様のご意見・ご感想をお待ちしております。

おハガキ・お手紙は以下の宛先にお送りください。

【宛先】

〒150-6008 東京都渋谷区恵比寿4-20-3 恵比寿ｶﾞｰﾃﾞﾝﾌﾟﾚｲｽﾀﾜｰ 8F
（株）アルファポリス　書籍感想係

メールフォームでのご意見・ご感想は右のＱＲコードから、
あるいは以下のワードで検索をかけてください。

ご感想はこちらから

本書は、2022年3月当社より単行本として
刊行されたものを文庫化したものです。

追放王子の英雄紋！ 4
～追い出された元第六王子は、実は史上最強の英雄でした～

雪華慧太（ゆきはなけいた）

2023年 12月 31日初版発行

文庫編集－中野大樹／宮田可南子
編集長－太田鉄平
発行者－梶本雄介
発行所－株式会社アルファポリス
〒150-6008東京都渋谷区恵比寿4-20-3恵比寿ガーデンプレイスタワー8F
TEL 03-6277-1601（営業） 03-6277-1602（編集）
URL https://www.alphapolis.co.jp/
発売元－株式会社星雲社（共同出版社・流通責任出版社）
〒112-0005東京都文京区水道1-3-30
TEL 03-3868-3275
装丁・本文イラスト－紺藤ココン
文庫デザイン―AFTERGLOW
（レーベルフォーマットデザイン－ansyyqdesign）
印刷－中央精版印刷株式会社

価格はカバーに表示されてあります。

落丁乱丁の場合はアルファポリスまでご連絡ください。

送料は小社負担でお取り替えします。


ISBN978-4-434-33069-8 C0193